포켓 스마트 북 ⑤

눈꽃 울타리

울타리글벗문학마을 편

도서출판 한글

출판문화수호 스마트 북 ⑤

2023년 1월 10일 1판 1쇄 인쇄
2023년 1월 15일 1판 1쇄 발행

눈꽃 울타리

편   자 울타리글벗문학마을
기   획 이상열
편집고문 김소엽 엄기원 조신권 이진호
편집위원 김홍성 이병희 최용학 방효필
발 행 인 심혁창
주   간 현의섭
표 지 화 심지연
기획정보 백근기
교   열 송재덕
디 자 인 박성덕
인   쇄 김영배
관   리 정연웅
마 케 팅 정기영
펴 낸 곳 도서출판 한글
우편 04116
서울특별시 마포구 신촌로 270(아현동) 수창빌딩 903호
☎ 02-363-0301 / FAX 362-8635
E-mail : simsazang@daum.net
창   업 1980. 2. 20.
이전신고 제2018-000182
* 파본은 교환해 드립니다.
* 정가 6,500원
* 국민은행(019-25-0007-151 도서출판한글 심혁창)

ISBN 97889-7073-619-8-12810

스마트폰 옆에 스마트북

책을 많이 읽은 사람은 용모가 다르다

조선 후기 실학자
이덕무는 독서팔경을 이렇게 들고 있습니다.

① 집을 떠나 여행에서 하는 독서
② 술 마시고 약간 취기가 있을 때 하는 독서
③ 상을 당한 후 슬픔에 잠겼을 때 하는 독서
④ 옥에 갇히거나 귀양 가 있을 때 하는 독서
⑤ 앓아누워 있을 때 하는 독서
⑥ 귀뚜라미 소리 깊은 가을밤에 하는 독서
⑦ 고요한 산사에서 하는 독서
⑧ 마을을 떠나 자연 속에서 하는 독서

고문진보에는 이렇게 씌어 있습니다.

" 부자가 되려고 논밭을 사지 마라. 책속에 곡식 천만
  석이 들어 있다.
* 고대광실 짓지 마라. 책속에 황금으로 지은 집이 있
  다.
* 예쁜 아내를 구하려 애쓰지 마라. 책속에 주옥같은
  미녀가 있다."
* 소동파는 보배, 미녀, 부귀, 영달 중 제일 귀한 것이
  독서라고 하였으며 황산곡은 사대부가 가을에 사흘
  만 책을 읽지 않으면 거울에 비친 얼굴이 미워진다
  고 하였습니다.
* 책을 읽는 사람과 읽지 않는 사람은 용모가 다르다
  고 합니다.
* 영국의 체스터톤은 얼굴만 보아도 평소에 책을 읽는
  사람인지 아닌지를 식별할 수 있다고 했습니다.

한국출판문화수호캠페인 멤버 모심

한국출판문화수호 캠페인에 동의하시는 분은
누구나 멤버가 되실 수 있습니다.
입회신청은 이메일이나 전화로 주소와 전화번호를
알려주시고 스마트북 울타리 신청만 하시면 됩니다.

멤 버 십

일반멤버 : 1부　신　　청,　정가대로 6,500원 입금자
기초멤버 : 10부　보급신청,　30,000원　　　　입금자
후원멤버 : 50부　보급신청,　150,000원　　　입금자
운영멤버 : 100부 보급신청, 300,000원　　　입금자
입금 계좌
(국민은행 019-25-0007-151 도서출판 한글 심혁창)

04116
서울특별시 마포구 신촌로 270
수창빌딩 903호
전화 02-363-0301 팩스 02-362-8635
메일:simsazang@daum.net
　　　simsazang2@naver.com
* 카페:스마트북울타리
* 문의:010-6788-1382
　　　02-363-0301

한국출판문화수호캠페인중앙회

_____   년   월   일

_____   님께

_____   드림

목차

바르게 빛나는 이름 박정희

카이스트를 탄생시킨 박정희

최형섭 카이스트 초대 원장은 미국을 돌며 젊은 과학자들에게 "조국을 살려달라!"고 호소했는데 연구 인력을 모으는 것이 한 편의 드라마였다.

KIST 원장 최형섭은 미국을 돌며 한인 과학자들에게 호소했다. 그는 돈이 없어 허름한 숙소에 묵으며 조국의 젊은 과학자들의 손을 붙들고 호소했다.

"가난한 조국은 당신들이 돌아오기를 기다립니다."

이런 정성이 통했음인지 첫 해인 1966년 18명이 귀국한 후 1990년까지 영구 귀국한 과학자가 1,000명을 넘었다. 귀국 과학자들은 당시 국립대 교수 연봉의 3배를 받았지만, 그것도 미국에 있을 때의 절반이 안 됐다. 그런데도 국내에서는 이들을 흘겨보는 이들이 있었다.

주로 서울대학교에 재직 중인 교수들이었다. 그들은 자신들보다 귀국한 과학자들의 연봉이 월등히 높은 것을 알고 이런저런 경로로 문제를 제기했다. 논란이 일자 박 대통령은 그들의 급여 명세서를 훑어보았다. 그리고 "이대로 시행하시오!"라고 지시했다.

훗날 밝혀진 바에 따르면 박 대통령은 이날 몇몇 과학자의 연봉이 일국의 대통령인 자신의 연봉보다 높은 것을 알았다고 한다. 하지만, 박 대통령은 그런 것에 전혀 개의치 않았다. '이대로 시행하라!'는 대통령의 말 한 마디로 서울대를 비롯한 국립대 교수들이 제기한 '형평성 논란'은 잠잠해졌다. 부자 나라 미국에서 과학자들이 이렇게 유출된 역사는 없었다.

미국 휴버트 험프리 부통령은 '한국의 젊은 과학자들이 세상에서 제일 부자 나라인 미국을 등지고 한국으로 돌아가고 있다.'는 사실을 보고받고 "KIST의 재미 한국인 과학자 유치는 세계 최초의 역(逆) 두뇌 유출프로젝트다."라며 혀를 내둘렀다고 한다. 박정희 대통령이야말로 KIST를 살린 인물이라고 평했다.

"대통령께서는 설립 후 3년 동안 적어도 한 달에 한두 번씩은 꼭 연구소를 방문해 연구원들과 대화를 나눠 연구소의 사회적 위상을 높여주었고, 건설 현장에 직접 나와 인부들에게 금일봉을 주는 등 각별한 신경을 써주었다."

박 대통령은 그뿐 아니라 국가기관의 부당한 간섭도 원

천 예방해 주었다고 최형섭 초대 원장은 기록하고 있다.

청와대에서 열린 KIST 소장의 임명장 수여식에서 박 대통령은 "예산을 얻으려고 경제기획원에 들락거리지 마라. 절대로 인사 청탁을 받아들이지 말라"고 당부하였다. 그것이 오늘의 KIST와 한국을 만든 원동력이었다. 이렇게 어렵게 출범한 KIST는 국가 건설의 초석을 쌓았다.

KIST의 시작은 미약하고 초라하게 출범했으나 그 KIST가 이 나라 과학의 근간이 되었고 기업의 두뇌를 산출해서 오늘의 IT강국 대한민국을 탄생시켰다.

KIST는 1965년 박정희 당시 대통령과 미국 린든 존슨 대통령이 발표한 '한국의 공업기술 및 응용과학연구소 설립에 관한 공동성명'에 근거해 1966년 2월 '한국과학기술연구소'라는 명칭으로 설립됐다.

미국 정부는 당시 베트남전 파병에 대한 감사의 표시로 한국 정부에 1,000만 달러를 원조했다. 원조금의 사용처를 두고 복지사업, 산업체 지원 등 다양한 방안이 검토되었지만 박정희 대통령은 '과학기술이 한국의 미래'라며 연구소 건립을 지시했다.

KIST출신 모임 연우회 관계자는 'KIST가 설립된 1966년은 한국이 현대 과학기술 연구개발에 나선 원년(元

年)'이라며 '박 전 대통령은 과학기술의 중요성을 알고 있는 과학 대통령이었다.'고 했다. 이후 KIST는 국산 1호 컴퓨터, 자동차와 반도체 원천 기술 등을 개발하며 한국산업과 과학계를 이끌었다.

한국과학기술원(KAIST), 한국전자통신연구원, 한국생명공학연구원, 한국표준과학연구원 등 20개가 넘는 대학·연구소도 KIST에서 탄생해 독립했다. KIST초대원장 최형섭 박사(1920~2004)는 죽기 전 이렇게 말했다.

"박정희, 그분의 이름 석 자와 그를 떠올리면 눈가가 뜨거워진다. 많은 이들에게 엄마가 마음의 고향인 것처럼 그분의 고향은 대한민국 그 자체인 것 같았다." (k헌)

미 육군사관학교에서 박정희의 요청

박정희 대통령은 1965년 미국 육군사관학교 웨스트포인트를 방문했다. 미 육사에서는 외국의 국가 원수가 방문을 하면 몇 가지 특권을 주는 전통이 있다.

그 특권은?

1. 즉석에서 미 육사생들의 퍼레이드를 요청하든가,

2. 미 육사생들을 상대로 연설을 하든가,

3. 미 육사에서 주는 선물을 받든가 하는 것이다.

미 육사에서 박대통령에게 특권을 말하라고 하니(대부분 주로 즉석에서 생도들의 퍼레이드를 요청하거나, 기념품 등을 받아 가거나, 생도들을 상대로 연설을 했던 많은 국가 원수들과는 달리) 박정희 대통령은 "지금 교정에서 벌을 받고 있는 생도들을 사면해 달라"고 요청했다.

그래서 미 육사 교장은 점심시간에 생도들에게 "지금 교정에서 학칙 위반으로 벌을 받고 있는 260명의 생도들의 벌을 박 대통령의 요청으로 특별 사면한다."고 특사령을 발표했다. 식당에서 점심을 먹고 있던 미 육사생들은 이 방송을 듣고 일어서서 기립 박수를 보냈다. 이에 박 대통령도 같은 식당 2층에서 점심을 들다가 일어서서 손을 흔들어 화답했다.

1965~1970년에 미 육사를 다닐 때 박수를 보냈던 생도들은 졸업 후, 당시에 기피하던 한국 파병 근무를 자원하게 되었을 뿐만 아니라, 미 육사에서는 박대통령의 사면이 역사적 사실로 지금도 전해지고 있다.

그 후에도 미 육사를 졸업한 장교는 한국 근무를 영광으로 생각하는 전통이 생기게 되었다. 참으로 멋진 대통령에 멋진 장교들이다. 아련한 향수와 멋이 느껴지는 아름다운 이야기다.

고건 전 국무총리가 쓴 박정희 회고

바우의 고향 월성군 외동읍 동대산에 얽힌 朴正熙 대통령과의 일화

푸른 산을 볼 때면 朴正熙 대통령이 생각난다. 어떻게 해서든 가난을 극복하려는 무서운 집념이 절절하게 다가오던 것을 지금도 잊을 수 없다. 산이 푸르른 계절이 되었다. 푸른 산을 볼 때면 나는 朴正熙 대통령이 생각난다.

박대통령과의 첫 만남이 산에 나무 심는 일을 매개로 이루어졌기 때문이다. 한참 일에 열정을 불태우던 젊은 부이사관 시절, 새마을 담당관으로 있던 나에게 동대본산(東大本山)에 사방사업을 하라는 명령이 떨어졌다. 동대본산은 월성군 외동면(월성군 외동면)과 울주군 농소면 사이에 있는 큰 산이다.

도쿄서 비행기를 타고 우리나라 상공으로 들어오다 보면 이 산이 제일 먼저 눈에 잡힌다. 지금이야 녹화가 잘되어 푸르지만 당시에는 헐벗은 민둥산이었다.

이 민둥산이 울창한 일본의 산을 내려다보며 날아온 방문객에게 처음 비춰지는 한국의 산이라는 사실을, 박대통령은 도저히 용납할 수 없었을 것이다. 그래서 나는 평생 처음이자 마지막으로 사방사업의 설계자 겸 현장감독이

되어야 했다.

현지에 가보니 동대본산은 정말 악산이었다. 몇 년간 사방사업을 했지만 거듭 실패했다고 한다. 비가 오면 흙이 곤죽이 되어 무너져 버리는 특수토질이라 어떻게 할 수가 없었다는 것이다. 이 방법, 저 방법 생각하다가 부산의 어떤 토목과 교수에게 자문을 구했더니, 일반 사방방식(一般砂防方式)으로는 안 되고 '특수 사방공법(特殊砂防工法)'을 써야 한다고 했다. 철근을 넣어 콘크리트 수로를 만들라는 것이었다. 그대로 해보았다. 정말 대성공이었다.

청와대에 결과보고를 했더니 대통령이 주재하는 경제동향보고회에 참석해 그 내용을 직접 보고하라는 것이었다. 이렇게 해서 대통령과의 첫 만남이 이루어졌다. 나무가 꽤 자라난 일년 뒤에는 전국의 시장, 군수를 현장에 모아 녹화교육을 했던 기억이 떠오른다.

이러한 실적이 있어서인지 '제1차 치산녹화 10년 계획'을 수립하는 막중한 과제가 내게 맡겨졌다. 워낙 농림부가 해야 할 일이었지만 새마을 사업을 추진하던 내무부가 그 일을 하게 된 것이다. 두어 달 밤낮없이 매달려 계획을 만들었더니, 관계 장관회의에서 계획 입안자가 직접 보고하라는 대통령 지시가 떨어졌다. 보고 날짜가 잡혀졌다.

차트 제작사를 붙잡고, 보고 전날 밤 한숨 안 자고 일을 했지만 보고시간 10시에 임박해서야 겨우 차트를 완성할 수 있었다. 정신없이 차트를 둘러메고 청와대 회의장에 도착하니 보고시간은 이미 10분이나 지났고 박대통령을 위시해서 총리, 장관 모두가 나를 기다리고 있었다.

이때 낭패스럽던 생각을 하면 몇 십 년 지난 지금도 등에 식은땀이 난다. 당황스러운 속에서도 심호흡을 하고 보고를 시작했다. 조심스럽게 녹화10년 계획의 기본방향으로, 국민조림, 속성조림, 경제조림 등 세 원칙을 말씀드렸다. 그러면서 훔쳐보니 대통령의 눈빛이 빛나며 고개를 끄덕이고 계신 것이 시야에 들어왔다. 휴- 하고 안심이 되는 순간이었다.

그제야 준비한 대로 찬찬히 브리핑을 진행할 수 있었다. 보고 중간 중간 대통령은 질문을 하고 이야기를 하셨다. 하나같이 산림녹화에 대한 열정과 집념이 느껴지는 말씀들이었다. 사단장 시절의 에피소드도 이야기하셨다.

부대 순시 길에 플라타너스 가지를 지팡이 삼아 꺾어 짚고 다니다가 무심코 거꾸로 꽂아놓고 귀대하셨던 모양이다. 나중에 우연히 그 자리를 지나다 보니 거꾸로 꽂힌 지팡이에서 싹이 돋았더란다. 나무의 생명력에 감탄을 했다 하시며 파안대소를 하셨다. 그때 웃으시는 대통령 입안에 덧니를 보았던 기억이 지금도 생생하다.

그 뒤 지방 국장으로 승진한 다음에는 대통령을 자주 뵐 기회가 있었다. 매달 한 번씩 청와대에서 새마을 국무회의가 열렸는데, 이때 유일한 안건인 새마을사업 추진상황을 주무국장으로서 보고 드리곤 했었다. 모두 합해 21번 보고를 했던 것으로 기억한다. 박대통령이 새마을 사업에 대해 가졌던 열정은 잘 알려진 바이지만, 매 회의마다 그 분이 우리 농촌과 국토에 대해 가졌던 뜨거운 애정, 빈곤했던 우리의 역사에 대한 한에 가까운 처절한 심정, 그리고 빈곤을 극복하여 경제대국을 이룩하려는 결연한 집념에 숙연해지곤 했다.

그 뒤 나는 전남지사를 거쳐 행정수석이 되었다. 1979년 1월 3일에서 10월 26일 돌아가시기까지 열 달 동안 바로 옆에서 대통령을 모셨다. 이 시절에는 대통령과 수석비서관들과의 저녁 회식 자리가 잦았다. 그전에는 잘해야 한 달에 한 번 정도 만찬이 있었는데, 이 시절에는 매주 한 번 이상이 될 정도였다.

영부인이 돌아가신 뒤 외로우셔서 그러셨으리라 짐작한다. 박대통령은 저녁에 곁들여 반주를 드시곤 했다. 막

걸리 아니면 양주였다. 막걸리도 특별한 것이 아니고 고향에서 만든 일반 막걸리였고, 양주는 시바스 리갈이 고작이었다. 반주를 드시면서 옛 이야기도 자주하셨다.

그러다가 가끔 흥이 나시면 '비탁' 칵테일을 만들어 돌리시곤 했다. 비탁이란, 맥주 한 병을 탁주 한 주전자에 섞은 박대통령 비장의 칵테일이다. 비탁 칵테일을 조제하시는 대통령에게 옆에 앉았던 내가,

"조제는 제가 하지요." 하니까, "어이, 이 사람, 이건 아무나 하는 게 아니야, 당신은 배합비율을 모르지 않나."

하시면서 젓가락으로 비탁을 휘휘 저으시고는 우리들에게 비탁 칵테일의 사연을 들려주셨다. 일제하 대통령이 문경국민학교 선생이었던 시절의 이야기였다. 젊은 선생들이 '기린 비루'를 마시고 싶기는 한데 워낙 박봉이라 마음 놓고 마실 형편은 못되었다 한다. 그래서 추렴한 돈으로 맥주 두어 병을 사서 탁주 한 말에 부어 함께 돌려 마시곤 했다는 것이다.

어린 시절 이야기도 들려주셨다. 구미 상모리에 대농한 사람이 있었는데, 이 지주 집에서 모내기를 할 때면 온 동네 사람이 모두가 품앗이를 했다 한다. 이 때 마을 아이들과 함께 박대통령도 따라 가곤 했었는데, 그 때 지주 집

에서 주던 밥과 반찬 맛이 어른이 되어서도 잊히지지 않는다는 것이었다. 특히 호박잎에 얹혀진 '자반고등어' 한 토막이 그렇게 맛있더라는 것이다.

이런 이야기를 들으면서 대통령이 마음속에 간직한 가난한 시절에 대한 한과 어떻게 해서든 가난을 극복하려는 무서운 집념이 상대적으로 안녕하게 성장한 나에게도 절절하게 다가오던 것을 지금도 잊을 수 없다. 그 뒤로 나도 비탁 칵테일을 몇 번 만들어 보았다. 그런데 아무리 해도 박대통령이 만들어 주시던 그 맛이 살아나지 않는다. 우리가 잘살게 된 탓에 내 입맛이 변한 것인지, 배합비율의 비결을 몰라서인지, 아니면 그 둘 다 인지 알 수 없다.

※ 편집자 주 : 고건 前 총리가 서울특별시장 재직 시 박정희 前 대통령을 회상하면서 쓴 글임.(옮긴 글입니다)

朴正熙 大統領 閣下 靈前에

40년 전 오늘, 당신께서는 너무도 갑작스럽게 저희들 곁을 떠나셨습니다. 그날 저는 사회주의혁명을 꿈꾸며 대학에서 두 번 제적된 후 공장에 위장 취업해 있었습니다. 한일공업 노동조합 분회장으로서 출근길 지하철 바닥에 뿌려지는 '박정희 대통령 유고' 호외를 보고 깜짝 놀라면서도, 한편으로는 '이제 유신독재가 끝나고 민주화가 되겠구나.' 하고 가슴이 두근거리기도 했습니다.

저는 고등학교 3학년 때 당신의 3선 개헌에 반대하는 시위로 무기정학을 당했습니다. 교련반대, 유신반대로 대학을 두 번 쫓겨났습니다. 경부고속도로가 히틀러의 아우토반처럼 독재 강화의 수단이라는 운동권 선배들의 가르침대로 저도 반대했습니다.

그러나 36년 뒤 제가 도지사가 되어서야 경기북부 전방지역 발전을 위해서 고속도로 건설이 필수적임을 깨닫고 당신의 선견지명에 반대했던 제가 너무 부끄러웠습니다.

마이카시대를 외치던 당신을 향해 히틀러 나치 독재의 국민차 '폭스바겐'식 선동이라며 대학교수들과 우리 대학생들은 반대했지요. 우리나라는 자동차 제조기술도, 자본도, 시장도 없고, 후진국에서 그 어떤 나라도 자동차를 성공시킨 사례가 없다며, 조목조목 근거를 대며 반대했습니다. 그러나 놀랍게도 당신은 우리나라를 세계 5대 자동차 생산대국으로 만들었습니다.

제철, 자동차, 조선, 중화학, 전자, 방위산업 모든 부문에서 당신은 최고의 산업 혁명가였습니다. 포항, 울산, 구미, 창원, 안산, 신도시를 건설한 당신은 최고의 도시계획 전문가였습니다.

박정희 신도시는 첨단산업 뿐만 아니라, 대학, 공원, 주거 모두 역사상 최고 수준의 복합 신도시를 최단시간에 만들었습니다. 고속도로, 지하철, 항만, 공항건설, 당신은 최고의 국토설계자였습니다. 당신의 원대한 구상과 최첨단의 마스터 플랜, 그리고 강력한 추진력은 세계 역사상 그 누구도 따라올 수 없는 한강의 기적을 이룩했습니다.

제가 늘 꿈꾸던 네 가지를, 제가 가장 미워했던 당신께서는 모두 이루어 주셨습니다.

첫째, 배부르게 먹는 꿈입니다. 농지개량, 통일벼생산, 비료공장건설, 댐건설, 간척지개발 등 농업혁명으로 오천년 배고픔을 해결해 주셨습니다.

둘째, 건강과 장수의 꿈을 이루어 주셨습니다. 아파도

병원에 갈 수 없었던 어린 시절을 살아왔던 저희들에게 지금 같은 의료혁명은 꿈만 같습니다. 당신께서 추진하셨던 의료보험제도와 의료기술 수준은 미국인조차 부러워하고 있습니다.

셋째, 20대까지도 전기 없이 호롱불 켜고 살던 저희들이 세계 최고수준의 전기를 사용할 수 있게 된 것도 당신의 원자력발전 덕택입니다.

넷째, 항상 물이 부족하여 먹을 물 받으러 양동이를 들고 물지게를 지고 줄 서서 기다리던 저희들이었습니다. 농업용수도, 공업용수도 모두 부족한 물 부족 국가에서 당신께서는 댐을 건설하시고 산림녹화를 하시고, 수도시설을 발전시켜, 아무리 가물 때도 주방에서, 화장실에서, 맑은 물을 펑펑 쓸 수 있게 되었다니 꿈만 같습니다.

"싸우면서 일하자!"

당신의 구호입니다. 국방과 경제의 근본정신이요, 기본원리입니다. 소련, 중공, 북한 공산국가와 대치하는 최전방 대한민국에서도, 한강의 기적을 이루어낸 당신의 구호가 절실합니다. 지금은 싸우면서 일하자!고 하면, 시대착오 수구꼴통 취급당하는 세태가 되어 버렸습니다. 일하지 않고 잘사는 개인도, 기업도, 국가도 없음을 절감하신 당

수원 소재 (전)농업진흥청 내
4H기념비/잘살아보자고 외치던 시절
4H활동을 한 7,80년대 인물들에겐
이련한 추억의 동상

신이 외치던 '싸우면서 일하자!'는 외침이 그리운 오늘입니다. '하면 된다'던 당신을 향하여, '할 수 없다'고 침을 뱉던 제가 이제는 당신의 무덤에 꽃을 바칩니다.

- 중략 -

당신의 꿈은 식민지 시대의 배고픔과 절망에서 자라났지만, 역사를 뛰어넘었고 혁명적이었으며 세계적이었습니다. 당신의 업적은 당신의 비운을 뛰어넘어, 대한민국과 함께 영원할 것입니다. 당신의 무덤에 침을 뱉는 그 어떤 자도, 당신이 이룬 한강의 기적을 뛰어넘지는 못할 것입니다.

위대한 혁명가시여! 편히 쉬십시오.

國立 서울 顯忠院

朴正熙 大統領 41週期 追悼式

김문수 齋拜.

박정희와 남작감자

이 상 열

1964년대부터 박정희 대통령의 경제개발 5개년 사업이 진행되고 있었으나 국민의 삶은 어려웠다. 직장이라고는 소규모 공장 직원, 공무원, 교사, 의사, 직업군인이 전부였다. 대통령은 어떻게 하면 백성이 보릿고개를 해결하고 낙후된 생활환경에서 벗어날 수 있을까 고심 끝에 새마을운동 사업을 구상하게 되었다.

1970년 4월 22일 전국 지방장관(특별시장, 직할 시장, 도지사급) 회의를 소집하고 처음으로 새마을운동 사업안을 제안하여 통과시키고 정부에서는 새로운 방안을 수립하고 첫 단계로 농지개량, 농촌 환경정비, 주식문제에 박차를 가했다. 무엇보자 가난과 기아에서 벗어나는 대안이 먼저였다. 청와대에서는 매달 새마을운동사업을 위한 국무회의를 열고 업무추진 상황을 보고받아 가며 체계적인 준비에 들어갔다. 범국민적 지역사회 개발 운동을 '근면과 자조협동'을 기본정신으로 정하고 실천해 감으로 국가발전을 촉진시키자는 데 목적이 있었다. 많은 사업 중에 농산

물중 벼와 감자종자 개량으로 다수확을 꾀하자는 것이 첫째 목표였다.

세계적으로 볍씨를 검토하던 중 열대지방에서 생산되는 알랑미라는 볍씨를 들여와 우리나라 기후에 맞도록 연구하고 실험을 거쳐 '통일벼'라는 새 품종을 개발하고 전농가에 보급하였다. 토종 볍씨는 한 마지기(200평)에 한 가마니 반이 고작이었으나 통일벼의 수확은 4배의 수확을 가져왔다. 배고프지 않고 배불리 먹을 수 있다는데 국민은 환영하며 기뻐했다.

박정희 대통령은 통일벼와 함께 연구해 왔던 '남작감자' 종자 개발을 본격적으로 시도했다. 새마을운동 사업 중 감자 생산에 착안하고 과학자들과 농업 전문인들의 연구 결과로 '남작감자'라는 새 품종 개발에 착수했다.

새 품종개발의 적지를 물색하던 중 경기도 가평의 화악산(1.468km) 중턱 일대가 적지라는 것을 확인하고 산림을 벌목하고 불을 질러 수십만 평의 씨감자 밭을 일구었다. 그렇게 개발한 밭을 오천 평 단위로 7개 농장을 분양하여 영농토록 하였다.

당시 나의 선친께서도 1개 농장을 분양받아 재배하셨는데 이쪽에서 바라보면 저쪽 화전 끝이 안 보일 정도로

몇 개의 능선을 타고 넘는 광활한 땅이었다. 그것이 현재 대관령 감자농장의 전신이기도 하다.

새 품종 남작감자는 토종 감자보다 5배 이상 수확을 가져왔으며 영양가도 높고 맛이 좋아 농민들은 씨감자 재배를 환호

수원 소재 전)농진청 관내에 세운 녹색혁명 기념비

했다. 지금 마트나 시장에서 즐겨 사먹는 감자가 바로 박정희 대통령의 구제식품 남작감자다.

화악산 감자 채종 농장 조무동(조무락골) 계곡에는 전국

에서 살기 위해 모여든 농부들이 나무로 지은 토방과 새초로 엮어 만든 움막이 백여 채 이상 즐비했다. 마치 산적마을이나 6.25전쟁 당시 피란민촌을 방불케 했다.

농장 일꾼들은 오전 9시부터 감독의 지시에 따라 삽과 괭이로 땅을 파고 3, 4월에 파종을 했다. 잡풀이 나면 김을 매고 북을 주어 감자가 잘 안도록 관리를 했다. 그러다가 5월 중순이면 감자꽃 봉오리가 맺히고 이어 거대하고도 웅장한 감자꽃밭이 되어 장관을 이루었다. 이어 6월 중순경이면 꽃은 떨어지고 줄기와 잎이 시들어 황색 밭으로 변한다.

이때 농부들은 추수를 앞두고 준비에 바빴다. 부녀자들은 감자를 캐고 장정들은 가마니에 감자를 짊어지고 경사진 화전 길을 땀을 흘리며 날랐다. 거기서 수확한 씨감자는 전국 농협으로 보급되고 각 농가에서 농사를 지었었다.

대통령의 뛰어난 발상인 새마을운동은 대성공을 거두어 이 땅에서 가난을 해결하고 산업이 발전하여 오늘날 세계 10위에 드는 한강의 기적을 이루고 부강한 대한민국의 초석을 이루는데 납작감자도 한 몫 했던 것이다.

이상열

「수필문학」 등단, 저서 「기독교와 예술」외 다수, 수필집 「우리꽃 민들레」 한국문인협회 회원, 바기오 예술신학대학교 총장 역임, 한국문화예술대상, 환경문학상, 현대미술문화상 외, 극단 '생명' 대표/상임연출, 로빈나문화마을 대표

친구는 이런 것

미국의 어떤 도시에서 한 사람이 자신의 죽음을 예감했습니다. 그런데 그에게는 그의 재산을 물려줄 상속자가 없었습니다. 그는 죽기 전에 변호사에게 자신이 죽으면 새벽 4시에 장례를 치러 달라고 부탁했습니다. 그리고 유서 한 통을 남기고 장례식이 끝나면 참석한 사람들 앞에서 뜯어 읽어달라고 부탁했습니다.

새벽 4시에 치러진 장례식에는 불과 네 사람만 참석하였습니다. 고인에게는 많은 친구들과 지인들이 있었지만 이미 죽은 친구의 장례에 참석하기 위해 새벽 일찍 잠자리에서 일어나는 것은 귀찮고 쉽지 않았던 것입니다.

그럼에도 불구하고 새벽 4시에 달려와 준 네 사람은 진정 그의 죽음을 애도했고 장례식을 경건하게 치렀습니다. 드디어 변호사는 유서를 뜯어 읽었습니다.

"나의 전 재산 4천만 달러(한화 4,800억 원)를 장례식에 참석한 사람들에게 고루 나누어 주시기 바랍니다."

이것이 유서의 내용이었습니다. 장례식에 참석한 네 사람은 각각 천만 달러(1,200억원)씩 되는 많은 유산을 받았습니다. 그 많은 유산을 엉겁결에 받은 네 친구는 처음에 당황했지만 그의 유산이 헛되이 쓰이지 않도록 사회에 환원하여 고인의 이름을 딴 도서관과 고아원 등을 건립하여 친구에게 보답하였습니다. 세상에는 대략 4종류의 친구가 있습니다.

첫째, 꽃과 같은 친구

즉 꽃이 피어 예쁠 때는 아름다움에 찬사를 아끼지 않지만 꽃이 지고나면 던져 버리듯 자기 좋을 때만 찾아오는 친구입니다.

둘째, 저울과 같은 친구

저울이 무게에 따라 이쪽으로 저쪽으로 기울듯이 자신에게 이익이 있는지 없는지를 따져 이익이 큰 쪽으로만 움직이는 친구입니다.

셋째, 산과 같은 친구

산처럼 온갖 새와 짐승의 안식처이며 멀리 보거나 가까이 가거나 늘 그 자리에서 반겨주고, 생각만 해도 편안하고 마음 든든한 친구가 바로 산과 같은 친구입니다.

넷째, 땅과 같은 친구

땅이 생명의 싹을 틔워주고 곡식을 길러내며 누구에게도 조건 없이 기쁜 마음으로 은혜를 베풀어주듯, 한결같은 마음으로 지지해주고 격려해주는 친구입니다. 친구는 많고 적음이 중요하지 않습니다. 그 깊이가 중요합니다.

"친구를 갖는다는 것은 또 하나의 인생을 갖는 것입니다."(이용덕 추천)

프레임의 법칙

성조웅
(성신여대 교수)

똑같은 상황이라도 어떠한 틀을 갖고 상황을 해석하느냐에 따라 사람들의 행동이 달라진다는 법칙입니다.

한 선생님이 매일 지각을 하는 학생에게 회초리를 들었습니다. 어쩌다 한 번이 아니라 날마다 지각을 하는 것을 보고 그 학생이 괘씸해서 회초리를 든 손에 힘이 들어갔습니다.

회초리를 든 다음 날 아침, 그 선생님은 차를 타고 학교에 가다가 늘 지각하는 그 학생을 우연히 보게 되었습니다. 한 눈에 봐도 병색이 짙은 아버지가 앉은 휠체어를 밀고 요양시설로 들어가고 있었습니다. 순간 선생님은 가슴이 서늘해졌습니다.

지각은 곧 불성실이라는 생각에 이유도 묻지 않고 무조건 회초리를 든 자신이 부끄러웠고 자책감이 들었습니다.

가족이라고는 아버지와 단 둘뿐이라서 아버지를 지켜드려야 하는 입장에 있는 지각 학생, 게다가 요양시설은 문을 여는 시간이 정해져 있었습니다.

학생은 요양원이 문을 여는 시간에 맞춰 아버지를 모셔다 드리고, 100미터 달리기 선수처럼 뛰어서 학교에 왔을 텐데, 그래서 매일 지각을 할 수밖에 없었을 터.

그 날도 지각을 한 학생은 선생님 앞으로 와서 말없이 종아리를 걷었습니다. 그런데 선생님은 회초리를 학생의 손에 쥐어주고 자신의 종아리를 걷었습니다. 그리고

"미안하다, 정말 미안하다."라는 말과 함께 그 학생을 따뜻하게 끌어안았습니다. 그리고 두 사람은 함께 울었습니다. 지금 우리는 서로가 힘들고 외롭습니다. 그래서 우리는 '함께 사는 법'을 배워야 합니다. '함께 사는 법'을 익힐 때 가장 필요한 건 상대방이 되어 보는 것입니다.

'저 사람이 나에게 저럴 때에는 뭔가 틀림없이 이유가 있을 거야.'

'저 사람의 마음은 지금 얼마나 힘들까?'

내 감정 절제하지 못한 채 섣불리 판단해서 서툰 행동을 하지 말고, 상대방이 나에게 왜 그랬는지, 나의 잘못은 없었는지 냉정하게 되돌아보는 게 필요합니다.

(성조웅 교수님께 감사드립니다. 감동을 주는 좋은 글이라 교수님의 양해 없이 올렸습니다.)

지혜로운 재판관의 자비

이 지구상에서 가장 '사회적'인 생물은 개미라고 한다. 퓰리처상을 받은 책 「개미세계의 여행」을 보면, 앞으로의 지구는 사람이 아니라 개미가 지배할 것이라는 다소 생뚱맞은 주장을 펼친다.

그 근거는 개미들의 희생정신과 분업 능력이 인간보다 더 뛰어나기 때문이라는 것이다. 실제로 개미는 굶주린 동료를 절대 그냥 놔두는 법이 없다. 그 비결이 무엇일까?

개미는 위를 두 개나 가지고 있다. 하나는 자신을 위한 '개인적 위'고, 다른 하나는 '사회적 위'다. 굶주린 동료가 배고픔을 호소하면 두 번째 위에 비축해 두었던 양분을 토해내 먹이는 것이다.

한문으로 개미 '의(蟻)'자는 벌레 '충(虫)'자에 의로울 '의(義)'자를 합한 것이다.

우리 인간의 위도 개미처럼 두 개라면 얼마나 좋을까? 그랬다면 인류는 굶주림의 고통을 몰랐을지도 모른다. 하지만 하나님께서는 우리 인간에게 딱 하나의 위만 주셨다. 그래서일까? 만물의 영장이라는 인간은 굶주림의 고통이 닥쳐올 때 닭보다 더 무자비한 행위도 서슴지 않곤 한다. 하지만, 그보다 더 놀라운 일은 위가 한 개뿐인 인간들이 때로는 위를 두 개나 가진 개미들보다 더 이웃의 아픔을 자기 일처럼 감싸 왔다는 사실이다.

1935년 어느 추운 겨울밤이었다. 뉴욕 빈민가의 야간 법정을 맡고 있던 '피오렐로 라과디아(Fiorello La Guardia)' 판사 앞에 누더기 옷을 걸친 노파가 끌려 왔다. 빵 한 덩어리를 훔친 죄였다. 노파는 울면서 선처를 호소했다. 사위란 놈은 딸을 버리고 도망갔고, 딸은 아파 누워 있는데, 손녀들이 굶주리고 있었던 것이다. 하지만 빵 가게 주인은 비정했다. 고소 취하를 권면하는 라과디아 판사의 청을 물리치고 '법대로' 처리해 달라고 소리치고 있었다. 어찌할 도리가 없었다. 한숨을 길게 내쉬고는 라과디아 재판장이 노파를 향해 이렇게 선고한다.

"할머니, 법에는 예외가 있을 수 없어요. 벌은 받아야 합니다. 벌금 10달러를 내시거나 아니면 열흘 간 감옥에 계십시오."

선고를 내리고 그가 자리에서 일어섰다. 그리고 갑자기 모자를 벗더니 자기 주머니에서 10달러를 꺼내 거기에 넣는 것이 아닌가. 그는 이어서 이렇게 최종 판결을 내린다.

"여러분, 여기 벌금 10달러가 있습니다. 할머니는 벌금을 완납했습니다. 나는 오늘 굶주린 손녀들에게 빵 한 조각을 먹이기 위해 도둑질을 해야 하는 이 비정한 도시에 살고 있는 죄를 물어 이 법정에 앉아 있는 모든 사람에게 50센트의 벌금형을 선고합니다."

그리고 자신의 모자를 법정 경찰에게 넘겼다. 그렇게 모인 돈이 자그마치 57달러 50센트였다. 대공황의 불황 속에서는 결코 작은 돈이 아니었다. 판사는 그중에서 벌금 10달러를 뺀 47달러 50센트를 할머니의 손에 쥐어주었다. 다음날 아침 뉴욕타임스는 이 훈훈한 이야기를 이렇게 보도했다.

"빵을 훔쳐 손녀들을 먹이려 한 노파에게 47달러 50센트의 벌금이 전해지다! 얼굴이 붉으락푸르락하던 빵 가게 주인과 법정에 있다가 갑자기 죄인이 되어 버린 방청객, 그리고 뉴욕 경찰들까지 벌금을 물어야 했다.'

현재 뉴욕시에는 공항이 두 개 있다. 하나는 J.F.K. 공항이고, 다른 하나는 라과디아 공항이다. 전자는 케네디 대통령의 이름을 딴 공항이고, 후자는 바로 피오렐로 라과디아 재판장의 이름을 딴 것이다. 그는 이후 뉴욕 시장을 세 번이나 역임하면서 맨해튼을 오늘날 맨해튼으로 만든

장본인이다. 그리고 라과디아 공항에는 그곳 주차장의 특이한 주차 위치 표시에 담긴 일화가 있다. 그곳 주차장 바닥에는 'Judges(법관)' 그 옆에는 'Handicapped(장애인)' 'Senators(상원의원)'라는 주차표시가 나란히 있다.

아무리 법관이 존경받는다는 사법국가 미국이라지만, 그 미국에서도 다른 지역에서는 좀처럼 만나보기 어려운 모습이었다. 어째서 장애인이나 상원의원보다 법관의 주차위치가 더 좋은 곳으로 지정되었을까? 그것은 한 법률가의 따뜻한 마음씨에서 우러나온 인간애의 표현으로 받아들이고 훈훈했던 즉결법정을 회상하기위해 공항 주차장의 가장 좋은 위치에 법관들을 위한 자리를 따로 마련해 놓았다고 한다.

고마운 아지매 정직한 남매

60년대 겨울, 서울 인왕산 자락엔 세 칸 초가집들이 다 닥다닥 붙어 가난에 찌든 사람들이 그날그날 목숨을 이어 가고 있었습니다.

이 빈촌 어귀에 길갓집 툇마루 앞에 찜 솥을 걸어 놓고 만두를 쪄서 파는 조그만 가게가 있었습니다. 쪄낸 만두는 솥뚜껑 위에 얹어 둡니다. 만두소 만들고 만두피 빚고 손님에게 만두 파는 모든 일을 혼자서 다 하는 만두가게 주인 이름은 순덕 아지매였습니다.

입동이 지나자 날씨가 제법 싸늘해졌습니다. 하루도 빠짐없이 어린 남매가 보따리를 들고 만두가게 앞을 지나다가 추위에 언 손을 솥뚜껑 위에서 녹이고 가곤 했습니다.

어느 날 순덕 아지매가 부엌에서 만두소와 피를 빚어 들고 나가니 어린 남매는 골목길 모퉁이를 돌아가고 있었습니다. 어림해 보니 솥뚜껑 위의 만두 하나가 없어진 것 같아 남매가 가는 골목길을 이내 따라 올라갔습니다. 그 애들이 만두를 훔쳐 먹은 것 같아 혼을 내려고 했었습니다. 그때 비탈 골목길을 막 쫓아 오르는데, 아이들 울음소리가 났습니다. 바로 그 남매였습니다. 흐느끼며 울던 누나가 목멘 소리로 말했습니다.

"나는 도둑놈 동생 둔 적 없어. 이제 누나라고 부르지도 마!"

예닐곱 살쯤 되는 남동생이 울며 말했습니다.

"누나야, 내가 잘못했어. 다시는 안 그럴게."

담 옆에 몸을 숨긴 순덕 아지매가 감동하여 남매를 달랠까 하다가 더 무안해 할 것 같아 가게로 돌아왔습니다. 이튿날도 보따리를 든 남매가 골목을 내려와 만두가게 앞에서 걸음을 멈추더니 누나가 동전 한 닢을 툇마루에 놓으며 중얼거렸습니다.

"어제 아주머니가 안 계셔서 외상으로 만두 한 개 가지고 갔구먼요."

그 후 저녁나절 보따리 들고 올라가던 남매가 손을 안 녹이고 지나치기에 순덕 아지매가 남매를 불렀습니다.

"애들아, 속 터진 만두는 팔 수가 없다. 우리 셋이서 먹자꾸나."

누나가 미소를 지어 보이며

"고맙습니다만 집에 가서 저녁 먹을래요."

하고는 남동생 손을 끌고 올라가면서

"얻어먹는 버릇 들면 진짜 거지가 되는 거야. 알았니?"
하는 거였습니다.

어린 동생을 달래는 나지막한 목소리가 찬바람에 실려 순덕 아지매 귀에 닿았습니다. 어느 날 보따리를 또 들고 내려가는 남매에게 물었습니다.

"그 보따리는 무엇이며 어디를 가는 거냐?"

누나 되는 여자 아이는 땅만 보고 걸으며 대답했습니다.

"할머니 심부름 가는 거예요."

메마른 한 마디뿐이었습니다.

더욱 궁금해진 순덕 아지매는 이리저리 물어보아 그 남매 집 사정을 알아냈습니다. 얼마 전 이곳 서촌으로 봉사에 가까운 할머니와 어린 남매 세 식구가 이곳으로 이사와 궁핍하게 산다는 것이었습니다.

그래도 할머니 바느질 솜씨가 워낙 좋아 종로통 포목점에서 바느질거리를 맡기면 어린 남매가 타박타박 걸어서 자하문을 지나 종로통까지 바느질 보따리를 들고 오간다는 것입니다.

남매의 아버지가 죽고 나서 바로 이듬해 어머니도 유복자인 동생을 낳다가 그만 모두 이승을 갑자기 하직했다는 것입니다. 응달진 인왕산자락 빈촌에 매서운 겨울이 찾아왔습니다.

남동생이 만두 하나 훔친 이후로도 남매는 여전히 만두가게 앞을 오가지만 솥뚜껑에 손을 녹이기는 고사하고 아예 고개를 돌리고 지나다니고 있었습니다.

"너희 엄마 이름 봉임이지 신봉임 맞지?"

어느 날 순덕 아지매가 가게 앞을 지나가는 남매를 잡고 물었습니다. 깜짝 놀란 남매가 발걸음을 멈추고 쳐다보았습니다.

"아이고, 봉임이 아들딸을 이렇게 만나다니 천지신명님 고맙습니다."

남매를 꼭 껴안은 아지매는 눈물까지 흘렸습니다,

"너희 엄마와 나는 어릴 때 둘도 없는 친구였단다. 우리 집은 찢어지게 가난했고. 너희 집은 잘살아서 인정 많은 너희 엄마가 우리 집에 쌀도 퍼다 주고 콩도 한 자루씩 갖다 주었단다."

그날 이후 남매는 저녁나절 올라갈 때는 꼭 만두가게에 들러서 속 터진 만두를 먹고, 순덕 아지매가 싸주는 만두를 들고 할머니께 가져다 드렸습니다.

순덕 아지매는 동사무소에 가서 호적부를 뒤져 남매의

죽은 어머니 이름이 신봉임이라는 것을 알아냈고, 그 이후로 만두를 빚을 때는 꼭 몇 개는 아예 만두피를 일부러 찢어 놓았습니다.

인왕산 달동네 만두 솥에 속 터진 만두가 익어갈 때 만두 솥이 눈물을 흘렸습니다.

그리고 30여 년 후 어느 날 만두가게 앞에 고급 승용차 한 대가 서고 중년신사가 내렸습니다. 신사는 가게에서 꾸부리고 앉아 만두 빚는 노파의 손을 덥석 잡고 눈물을 흘렸습니다. 노인이 물었습니다.

"누구신가요?"

신사는 할머니 친구 봉임의 아들이라고 말했습니다. 만두집 노파는 그때서야 옛날 그 남매를 기억했습니다. 두 사람은 말없이 흐느꼈습니다.

그가 바로 서울대 의대를 졸업하고 명문 미국대학 유학까지 다녀와 병원 원장이 된 봉임의 아들 최낙원 강남제일 병원 원장입니다.

누나의 어른보다 더 어른스러운 품격 있는 가치관, 그리고 만두가게 주인의 높은 품격에 고개가 숙여집니다. 화려한 학력과 경력이 과연 이들의 삶에 우위에 있었을까요?

내 이웃은 누구며 내 친구는 누구인가?

사람이 60세를 넘기면 나이를 세지 말고 주위에 술 한 잔이나 싸구려 음식이라도 놓고 함께 먹을 친구나 이웃이 몇이나 되는지 세어 보라고 했습니다. 많을수록 인생성공은 아니지만 그래도 인생을 헛되이 살지 않았다는 것을 나타내는 숫자이기 때문입니다.

강남제일병원장 최낙원 박사님의 실화가 감동적이라 이「눈꽃 울타리」에 올립니다.

우리 주변에서 이렇게 아름다운 이야기가 훗날 쓰일 수 있는 미담이 주위에 있으면 알려주세요. 비록 작은 책자지만 뜻있는 분들이 보시고 애독해 주십니다. 미담은 기록하여 널리 알리고 싶습니다. 이 세상 아이들이 모두 이런 아이들로 성장할 수 있기를 기도합니다. (발행인)

할머니는 모르시게

옛날 어느 곳에 효심이 지극한 부부가 있었습니다.

하루는 부부가 일을 하러 나가고, 할머니가 혼자 집을 보게 되었습니다. 할머니는 심심하기도 하고, 무슨 일이든 거들어야 할 것 같은 생각이 들어서 호박넝쿨 구덩이에 거름을 주려고 눈이 어두운 터라 그만 막 짜다 놓은 참기름 단지를 거름으로 잘못 알고 호박 구덩이에 부었습니다.

마침 밖에 놀러 나갔다 돌아온 어린 손녀가 이 광경을 보고 깜짝 놀랐습니다. 손녀는 이 사실을 할머니에게 말씀을 드리면 놀라실 것 같아서, 모른 체하고, 얼마 후 돌아온 엄마에게 말했습니다.

"엄마! 할머니께서 참기름을 오줌인 줄 아시고, 호박 구덩이에 부으셨어요."

"그래, 할머니도 아시니?"

"아니요, 말씀드리면 놀라실 것 같아서, 아무 말씀도 드리지 않았어요."

"잘했다. 할머니께서 아시면 얼마나 놀라시겠니?"

어머니는 딸의 행동이 너무나 기특해서, 딸을 등에 업

고 뜰을 돌며, 칭찬을 했습니다.

조금 후 남편이 돌아와 그 광경을 보고, 이상하게 여겨 물었습니다.

"아니, 여보! 다 큰 아이를 업고, 웬 수선이요?"

"글쎄, 이 아이가 얼마나 기특한지 알아요?"

그리고는 자초지종을 이야기했습니다.

"당신도 모르는 척하셔야 되어요."

이 말을 들은 남편은 갑자기 땅에 엎드려, 아내에게 큰 절을 했습니다.

"여보, 내 절 받으시오. 내 어머님을 그처럼 받드니 어찌 내가 절을 하지 않을 수 있겠소!"

자신이 부모님께 효도하고, 순종하면, 내 자녀들도 나에게 효도하며 순종합니다. 자녀들은 자라면서 자연스럽게 부모님을 보고 배우게 됩니다. 그러므로 집안에 녹아 있는 좋은 정서가 자녀들의 인격 형성에 지대한 영향을 끼치게 됩니다.

중국 상해 한인 인성초등학교

최 용 학
(韓民會 회장)

인성(人成)학교는 1919년 몽양 여운형(夢陽 呂運亨) 선생이 중국 상해에 세운 한국인 초등학교이다. 설립자 여운형 선생은 초대 교장으로 청소년들에게 민족의식의 중요성을 중점적으로 교육하면서 많은 고초를 당하였다.

교훈 지덕체(智德體)를 바탕으로 민족정신을 높이는 데 중점을 두고 교육했던 학교였다.

1920년 상해에 설립된 인성학교 전경

그런데 이러한 역사도 관련된 내용이 많기 때문에 1919년에 정식으로 개교가 시작되기 전에 있던 몇 가지 사연들을 간단히 기록해 둔다.

1916년 9월 1일에는 상해 교회 소속이던 한인기독교 소학이라는 사립학교가 처음 개교되었는데 1917년 2월에 쿤밍로 75번지로 옮겨서 인성학교라고 이름을 바꾸었다.

당시 초대 교장은 여운형 선생이었는데, 학교 운영에 많은 어려움을 겪다가 학교를 여러 곳으로 옮기면서, 교민들에게 기부금을 지원을 요청했으나 뜻을 이루기도 어려웠다고 한다. 그러던 중에 상해의 교회에서 인성학교 유지회를 두게 되었으며, 특별찬조자로서 이동휘(李東輝), 이동녕(李東寧), 이시영(李始榮), 안창호(安昌浩), 손정도(孫貞道) 선생 등이 동조해서, 인성학교를 후원하기 시작하여 이 학교가 활성화될 수 있었다.

그러나 이후에도 재정난으로 여러 어려움을 겪었는데, 거류민단의 소속으로 학교 유지와 발전을 위한 자금을 계속 모집하는 등 많은 활동을 하면서 학교 육성에 전력을 다했다고 한다. 그리고 학교의 발전 위해 건물을 이전하기도 했으며, 후에 유치원과 야간 학교도 설치하는 등… 많은 노력을 계속하면서, 1919 년 임시정부가 설립된 후에는 어려움 속에서도 학교를 운영할 수 있었다고 한다.

이렇게 어려운 과정을 겪으면서도 학생들을 계속 키워왔기 때문에, 광복 후에도 인성학교의 정신을 이어받은 한국 학교가 1999에 상해에 새로 세워지기도 했다.

이에 관한 사유를 모두 알려 드리기는 어렵기 때문에, 이번에는 1925년에 있었던 인성학교 졸업생 사진을 찾아보았다.

1925년 3월 인성학교 졸업생

그뿐이 아니고 현재도 상해에 있는 한국 학교에서는 매년 '인성제'라는 축제를 열고 있을 뿐 아니라, 인성학교와 연관된 많은 책들을 학생들에게 배부해서, 그 정신을 이어

받도록 가르치고 있다.

이러한 인성학교(仁成學校)를 광복되기 전에 상해에서 태어난 나(崔勇鶴, 韓民會 理事長)는 어린 시절에 그 학교를 다녔다. 나는 85년 전 상해에서 어린 시절에 인성학교를 다녔기 때문에 아직도 기억하고 있는 교가(校歌)를 가끔 부른다.

인성학교 교가(仁成学校校歌)

1. 사랑 곧다 인성 학교 지덕체로 터를 세우고.
   완전 인격 양성하니 대한민국 기초 완연 해
   후렴) 만세 만세 우리 인성학교 천천 명월 없어지도록
   내게서 난 문명 샘이 반도 위에 넘쳐흘러라
2. 의기로운 깃발 밑에 한데 모인 인성 소년아
   조상 나라 위하여서 분투하여 노력하여라!
   후렴) 만세 만세 우리 인성 학교 천천 명월 없어지도록
   내게서 난 문명 샘이 반도 위에 넘쳐흘러라

그리고 이러한 교가는 오래 전에 광복회장을 지냈던 박유철 회장님의 모친인 최윤신 여사님도 인성학교의 선배 졸업생으로 이 교가를 부를 줄 알았다고 하는데 몇 년 전에 별세하셨기 때문에, 이제는 나만이 유일하게 부를 줄

아는 처지가 되었다. 이 기회에 많은 분들에게 간단히 소개해 드렸다.

이번에는 이러한 인성학교와도 연관이 있고, 독립운동을 위해 많은 활동을 했던. 몽양 여운형(夢陽 呂運亨) 선생을 비롯해서, 인성학교를 유지하기 위해서 계속 함께 노력했던 선우혁(鮮于爀). 이유필(李裕弼), 도인권(都寅權). 조상섭(趙尙燮), 윤기섭(尹琦燮), 김두봉(金枓奉). 여운홍(呂運弘), 김영학(金永學). 안창호(安昌浩) 선생 등에 대해서, 이분들의 중요한 독립운동공적만을 간단히 수록한다.

특히 김규식 선생, 여운형 선생, 현정경 선생 등은 영어, 최창식, 서병호 선생은 수학, 김두봉 선생은 국어 및 국사를 중점적으로 가르친 분들이었다.

여운형 선생은 1885년 경기도 양평 출신으로 어려서부터 배재학당(培材學堂), 흥화학교(興化學校), 우무학교(郵務學校) 등에서 수학했으며, 이후에는 집안의 노비들을 과감히 풀어주는 등 봉건유습(封建遺習)의 타파에도 앞장섰던 분이었다.

그리고 기호학회의 평의원으로도 활동했으며, 1910년에는 강릉(江陵)의 초당의숙(草堂義塾)에서 민족 교육에도 진력했다.

1911년에는 평양의 장로교연합 신학교에 입학했다가 1914년에는 중국으로 건너가서 남경(南京)의 금릉대학 (金陵大學)에서 영문학을 전공했으며, 이어서 동제사(同濟社)에도 참여했다. 이후에는 1917년에 상해로 가서 본격적으로 민족운동을 전개했던 것이다.

1918년에는 상해 고려인 친목회를 조직해서 총무로 활동하면서, 기관지로 「우리들 소식」을 발행했으며, 구미 유학을 지원하는 70여 명의 학생들에게 유학을 알선해 주기도 하였다.

1918년에는 신한청년당(新韓靑年黨)을 조직해서 총무로 활약했으며, 파리강화회의가 열리자, 당시 천진(天津)에 있던 김규식(尤史 金奎植) 선생을 파견하기도 했다고 한다. 그리고 1919년에 대한민국임시정부가 수립되자 임시의 정원의원 등을 역임했으며, 여러 가지 교민 사업에도 관여하였고, 인성학교를 설립하고, 영어 교사, 그리고 교장 등으로 민족 교육에도 진력했던 분이다. 이후에는 여러 곳을 돌아다니면서 러시아 측과 여러 모로 협조하다가, 다시 상해로 돌아와서는 1922년에 한국노병회(韓國勞兵會)를 조직해서 군사적 투쟁을 준비하기도 하였다. 그 후에도 계속 많은 활동을 하였으나, 러시아의 영향으로 주로 사회주의

사상을 중심으로 국공합작과 사회주의 운동 세력의 통합, 한·중연대 등을 중심으로 활동을 하게 되었으며 조선「중앙일보」사장으로 언론을 통한 항일운동도 전개한 분이다. 그리고 1940년 이후 동경으로 건너갔으며, 1944년 8월에는 건국동맹(建國同盟)을 조직해서 조국광복을 준비하다가, 두 번이나 일경에 피체되어 징역 3년과, 징역 1년 집행유예 3년을 받아 광복될 때까지 옥고를 치르기도 하였다.

이후 광복된 후에는 국내로 돌아왔다가, 1947년에 국내에서 향년 60세로 별세했다. 앞서 여운형 선생이 파리 강화회의에 파견했다는 김규식(金奎植) 선생은 경기 양주(楊州) 출신으로 여운형 선생보다 4살 위인 1881년에 태어난 분으로 호를 우사(尤史)라고 했다. 뿐만 아니라 이명(異名)으로는 장개석 총통과 같은 왕개석(王介石)이라는 이름도 있었다고 한다. 이분은 인성학교 설립에 관여한 분은 아니었지만, 젊은 나이에 미국에 유학해서 철학 박사 학위를 받고 귀국했다가, 1913년 30대 초반의 나이에 중국으로 망명해서 독립운동을 한 분이었기에 이번에 그 경력을 간단히 소개한다.

이후 1918년에는 신한청년당(新韓靑年黨)이 조직되자 함께 참가하였고, 다음 해에 한국 대표로 파리강화 회의에 파견되었다. 그리고 1919년 4월에는 대한민국임시정부가 수립되자 외무총장에 피선되었으며, 이때에도 한민족의 독립과 일제 침략의 악랄함을 알리는 청원서를 파리강화회의에 제출하였다. 이 청원서의 중요 내용을 외신 기자 클럽에서 80여 명의 유력 인사가 초청된 가운데, 한국 독립의 타당성과 일제 침략의 흉악함을 폭로했다. 그리고 8월에는 여운홍, 김탕 선생과 함께 미국으로 건너갔다. 그리고 임시정부 구미 위원부 위원장에 임명되자 군자금을 임시정부에 송금하는 한편, 한국 독립 문제를 미국 하원에서 상정하도록 활동하였고 1919년에는 임시정부학무총장에 임명되어 1921년 1월 상해로 돌아와 임시정부에 합류하였다. 이후 1922년 1월에는 러시아의 페트로그라드에서 열린 동방 피압박 민족 대회에 한국인 대표 중 1인으로 참석해 여운형 선생과 함께 의장단에 선발되어 활동했다.

최용학

1937년 11월 28일, 中國 上海 출생(父:조선군 특무대 마지막 장교 최대현). 1945년 上海 第6國民學校 1학년 中退, 上海인성학교 2학년 중퇴, 서울 협성초등학교 2학년중퇴, 서울 봉래초등학교 4년 중퇴, 서울 東北高等學校, 韓國外國語大學校, 延世大學校 教育大學院, 마닐라 데 라살 그레고리오 아라네타대학교 卒業(教育學博士).
평택대학교 교수(대학원장 역임) (현) 韓民會 會長

윤동주(尹東柱) 서시(序詩)

(윤동주 (1917. 12. 30. ~1945. 2. 16))

윤동주 시비

서울 연대 교정 윤동주의 '서시' 시비

죽는 날까지 하늘을 우러
러 한 점 부끄럼이 없기
를
잎새에 이는 바람에도
나는 괴로워했다.
별을 노래하는 마음으로
모든 죽어가는 것을
사랑해야지
그리고 나한테
주어진 길을
걸어가야겠다.
오늘 밤에도 별이
바람에 스치운다.

윤동주 시비를 찾아 연세대학 캠퍼스에 들어선 것은 오후 2시. 오늘처럼 눈부시게 화창한 가을날에도 결코 우울과 탄식으로부터 자유로울 수 없었던, 짓밟힌 조국을 가을처럼 서럽게 노래하다 짧은 생애를 살다 간 윤동주 시인. 그의 시비(詩碑)앞에 서니 조국과 민족이란 의미가 새삼

되뇌어졌다. 1968년 11월 3일에 높이 2.5m 너비 1.5m로 연대 학생회가 연희전문시절 기숙사(현재 학교법인 인사처) 앞에 '서시' 시비를 건립하였다.

윤동주는 민족의 수난기였던 1917년 북간도 명동에서 태어났다. 1938년 연희동산을 찾아 1941년 연희전문문과를 마치고 일본으로 건너가 학업을 계속하면서도 항일 독립운동으로 민족혼을 노래했다.

그러나 1945년 2월 16일 해방의 기쁨도 모른 채 후쿠오카 형무소에서 모진 형벌로 목숨을 잃으니 그의 나이 29세였다. 아우인 윤일주(尹 柱)씨가 설계한 시비 앞면에는 1941년 11월 20일에 썼다는 '서시' 전문이 윤동주의 자필을 확대해 새겨졌고, 뒷면에는 그의 약력이 간략하게 새겨져 있다.

급우였던 유영(현 76세)님은 '동주는 그의 용모가 단정하고 인간이 아름답고 마음이 아름다워 그의 시 또한 아름답다.'고 말한 적이 있다.

그의 유해는 고향인 북간도 용정에 묻혀 있다. 그토록 고향과 하늘과 별을 그리움과 꿈의 대상으로 노래했던 시인. 바로 그 그리움과 꿈은 자신의 존재에 대한 처절한 슬픔이며 외로움이었으리라.

참으로 안타깝게도 1945년 해방을 몇 달 앞두고 짧은 생애를 마감한 윤동주 시인. 그의 넋이나마 이토록 변화한 조국의 발전된 영광과 후배들의 자유롭고 활기찬 기상으로 얼마간 위로가 될는지?

그의 유해는 고향인 북간도 용정에 묻혀 그를 좋아하는 이들이 자유롭게 찾지 못해 안타까움을 더해 준다.

이진호

「충청일보」신춘문예, 「소년」동시, 군가「멋진 사나이」, 새마을노래「좋아졌네좋아졌어」, 동시집 『꽃잔치』 외 5권, 동화집 『선생님, 그럼 싸요』 외 한국문인협회, 국제펜 이사, 한국아동문학작가상 외 다수

고향

노천명
(감상평 박종구)

언제든 가리
마지막엔 돌아가리
목화꽃이 고운 내 고향으로
조밥이 맛있는 내 본향으로
아이들 하늘타리 다는 길머리엔
'학림사' 가는 달구지가 조을며 지나가고
대낮에 여우가 우는 산골

등잔 밑에서
땅에 편지 쓰는 어머니도 있었다
'둥글레산'에 올라 무릇을 캐고
접중화 상아 뻐꾹새 장국채 범부채
마주재 기룩이 도라지 체니 곰방대
곰취 참두릅 개두릅 혼닢나물을
뜯는 소녀들은

말끝마다 '꽈' 소리를 찾고

개암쌀을 까며 소년들은
금방망이 은방맹이 놓고 간
도깨비 얘기를 즐겼다
목사가 없는 교회당
회당직이 전도사가 강도상을 치며
설교하던 산골이 문득 그리워
'아프리카'서 온 반마(斑馬)처럼
향수에 잠기는 날이 있다

언제든 가리
나중에 고향 가 살다 죽으리
메밀꽃이 하얗게 피는 곳
나뭇짐에 함박꽃을 꺾어오던 총각들
서울 구경이 원이더니
차를 타보지 못한 채 마을을 지키겠네

꿈이면 보는 낯익은 동리
우거진 덤불에서
찔레순 꺾다 나면 꿈이었다

'사슴'의 시인 노천명(盧天命), 그녀는 민족의 격동기에서 시작 활동을 한 여류시인이다. 흰 저고리 남색 치마 반듯한 가르마의 미지인 그녀는 고독과 애수 어린 노래로 비극적 세계관을 보여 줬다. 일제로부터의 해방, 그리고 6.25 전쟁 등의 소용돌이 그 한가운데 살아남은 지성인의 모습과 그 거대한 물결 앞에서의 나약한 인간의 모습을 애조 띤 가락으로 읊조렸다. '사슴' 역시 갇혀 있는 한 인간의 정경을 보여준다.

목아지가 길어서 슬픈 짐승이여 / 언제나 점잖은 편 말이 없구나 / 관이 향그러운 너는 무척 높은 족속이었나 보다 // 물속의 제 그림자를 들여다보고 / 잃었던 전설을 생각해 내고는 어찌할 수 없는 향수에 슬픈 모가지를 하고 먼 데 산을 바라본다.

노시인은 황해도 장연 출신이다. 그의 고향 마을 비석리는 바다를 내려다보고 있었다. 갈대숲이 우거진 바닷가에서 수평선에 가물거리는 돛단배를 바라보면서 서울 유학을 꿈꾸던 소녀였다. 마침내 그 꿈이 이루어져서 진명학교와 여자전문학교에서 공부할 수 있었다. 기자 생활을 했고 한국전쟁 중에는 부역했다는 혐의로 영어생활을 했다. 그 후 시인은 가톨릭에서 베로니카라는 영세명을 받는다. 그의 시 세계는 비관 허무에서 초월적 세계로의 트렌드를 보여준다.

친구보다 / 좀 더 높은 자리에 있어 본댓자 / 명예가 남보다 뛰어나 본 댓자 / 또 미운 놈을 혼내 주어 본다는 일 / 그까짓 것이 다아 무엇입니까 / 대수롭잖은 일들입니다 / 발은 땅을 딛고도 우리 / 별을 쳐다보며 걸어갑시다

'별을 쳐다보며'에서 토로한 시인의 심경이다. 시인은 '이름 없는 여인이 되어'에서는 '조그만 산골로 들어가서 놋 양푼의 수수엿을 녹여 먹으며' 살고 싶다고 했다.

이 땅에서의 그 시인의 꿈은 이루어지지 않았다. 그리운 고향 땅을 밟는 꿈도 한 남자의 여인이 되는 것도 영원한 애수로 여울질 뿐이다. 그러나 그 시인의 향수는 인간의 궁극적 본향을 향한 손짓으로 내밀하게 울림으로 온다.

박종구

경향신문 동화「현대시학」시 등단.
시집「그는」외, 칼럼「우리는 무엇을 보는가」외 한국기독교문화예술대상, 한국목양문학대상, 월간목회 발행인

겨울나무. 5

김 소 엽

(대전대석좌교수, 한국기독교예총회장)

겨울나무는 떠나보낼 것은
가벼운 마음으로 다 떠나보내고
이제 호젓하다
오로지 하늘 우러러
겨울하늘을 배경으로
단독자로 하나님과
마주할 뿐이다

이제 걸친 옷을 다 벗고
홀가분하다
내 안의 보이지 않는 것들도
훌훌 털어내고
빈 마음 되어
하나님 만나러 가는
이 겨울이 참 좋다

사람은 추워지면 질수록

자꾸만 걸치지만
나무는 추워질수록
가진 것 다 덜어내어
추운 대지를 덮어준다

북풍이 몰아치면
살결이 바람에 터지고
피가 흘러도
대지에게 받은 은혜를 돌려주는
너의 순수한 사랑의 보은은
올라가던 발걸음 멈추고
겨울나무 앞에서 고개 숙이게 한다

나는 눈 덮인 겨울 산 앞에서
잠시 기도한다
그가 전해주는 생명수 같은
푸른 하늘을 맘껏 마시며
온 몸 구석구석에
미세한 음성으로 채운다.

낙엽

이태원에 가서는
낙엽도 밟지 마라

가을 길을 걸으며
어찌 이리도 가슴 아린가

푸르른 여름 한철 살고
처참하게 쓰러져 누운 낙엽을
어찌 밟고 지나랴

짧디 짧은 한철의 일생을
네 어찌 아무렇지도 않게
밟고 즐기랴

구르몽, 그대는 좋은가
낙엽 밟는 소리가

바람에 뒹굴며
바스러지는 낙엽들이
외치는 비명소리….

▌시작 묵상 ▌

세월호의 참사가 2014년도의 일이었던가. 하늘도 울고 땅도 울고 우리 국민 모두가 어처구니없는 대형 참사에 넋을 잃고 울었던 그 아픔이 채 가시기도 전에 어쩌자고 우리는 또 이런 아픔을 겪어야 한단 말인가. 정말 서울 한복판에서 일어나서는 안 될 사고가 터졌으니 이를 어이하랴. 이를 계기로 윤석열 대통령 탄핵까지 몰고 가는 기획된 사고라면 정권교체를 위한 촛불 세력의 계략이 아닐까 의심도 한다. 그러나 그건 너무 나간 속단이고 수사를 하는 중이니 두고 볼 일이다.

지금부터 21년 전 미국의 월드 트레이드 센터 빌딩이 터러 집단의 두 차례의 상상 초월의 만행으로 공격받고 무너져 내렸을 때 그곳에서 근무하던 젊은 엘리트를 포함한 아까운 두뇌들 3천여 명 이상의 인명 피해를 냈다. 그때 미국인 모두는 슬픔으로 말없이 눈물 흘리며 성조기를 들고 그 슬픔을 이끌고 나갈 미국 대통령을 중심으로 똘똘 뭉쳐 하나가 되었다. 정치인을 포함한 전 국민이 유가족과 대통령을 위해 기도하며 지금의 우리나라처럼 누구의 책임이냐를 놓고 따지지 않았다. 야당은 마치 자기들은 우리나라를 이끌어 나갈 책임은 하나도 없고 여당만이 모든 책임이 있다는 듯 비판자의 입장에서 큰소리만 내고 있고 여당은 슬픔을 감당하기도 힘든 유가족과 나라를 껴안고 울뜨며 뒤뚱거리는 모습이 보기에도 너무 안타깝기만 하다.

우리는 이런 슬픔을 통해서 젊은이들의 죽음이 헛되지 않도록 나라가 무엇을 해야 될지를 여야가 다 같이 깊이 생각하며 미래 지향적 정책을 수립해 주고 다시는 이런 일이 일어나지 않도록 해야 마땅할 것이다.

김소엽

이대문리대영문과 및 연세대 대학원 졸업, 명예문학 박사
'한국문학'에「밤」「방황」등 작품이 서정주 박재삼심사로 등단
현) 호서대교수 은퇴후 대전대석좌교수 재임 중
시집「그대는 별로 뜨고」,「지금 우리는 사랑에 서툴지만」,「마음 속에 뜬 별」,「하나님의 편지」,「사막에서 길을 찾네」,「그대는 나의 가장 소중한 별」,「별을 찾아서」,「풀잎의 노래」등 영시집 포함 15권
* 윤동주문학상 본상, 46회 한국문학상, 국제PEN문학상, 제 7회 이화문학상, 대한민국신사임당 상등 수상

눈꽃

이 서 연

새하얀 은빛 나라
태초의 거룩함으로 모든 허물을 덮어 줄게

삭풍이 할퀴고 지나간 쓰라린 자리
새살이 돋게 감싸 줄게

겉은 차갑고 날카로워도 속은 따뜻해
마른 삭정이 같은 영혼 촉촉한 윤기를 더해 줄게

머지않아
봄날에 새순으로, 또 꽃으로 피어나렴

잠깐 세상
여린 햇살에 자리 내어주곤
흔적 없이 깔끔하게 사라지는 예의바른 꽃,

* 나뭇가지에 얼어붙어 핀 눈꽃, 햇살 떠오르자 눈꽃은 사라지고 나뭇가지에 자줏빛이 도는 걸 보고.

이서연

경성대학교 일반대학원 국어국문학과 졸업, 전 경기, 경남, 서울, 부산에서 중등교사 32년 명예퇴직 후 대학원생 강의, 현 : KAVAS 교수

눈꽃 피는 아침에

남 춘 길

나무마다 눈꽃 핀
이른 아침
발밑에 눈송이도
노래로 화답하고

별빛처럼 흐르는
눈발 사이로
겨울이 익어간다

지쳐 있는 마음 깃을
오랫동안
쓰다듬어준
겨울 햇살이
품고 있을
연둣빛 바람은
어디쯤 오고 있을까.

남춘길

「문학나무」 등단, 수필집 『어머니 그림자』, 시집 『그리움 너머에는』, 범하문학상 수상, 정신여 중고 총동창회장 역임, 한국문협 회원, 서울시 청 소년 선도위원, 순국선열 김마리아 기념사업회 이 사, 남포교회 권사

이제야 숨통이 트이네

李 鍵 淑

오늘도 하루 종일 사람을 만나지 못했다. 원룸아파트에 갇힌 내 모습이 마치 상자 갑 속에 처넣은 벌레처럼 느껴졌다. 회사에서 배당한 일거리를 다 처리해 보내고 나니 눈이 침침했다. 하루 종일 컴퓨터의 액정만 보고 일을 하니 내가 사람이 아니고 기계의 부속품이 된 기분이다. 처음엔 번거롭게 차를 몰고 회사에 나가지 않고 인간관계에 신경을 쓰지 않으며 옷도 멋대로 입고 화장도 하지 않고 지내니 자택 근무하는 생활이 신이 났지만 사람들의 입김과 말씨름이 없으니 슬슬 이런 생활이 권태롭고 지겨워지기 시작했다.

점심도 굶었으니 무엇이나 먹어야 한다. 냉장고를 열어 보니 먹을 것이 하나도 없다. 창밖을 보니 겨울이 지나고 봄이 왔는지 나뭇잎들이 연녹색을 띠었고 15층에서 내려다보니 여자들의 옷차림이 가볍고 색스러웠다. 트레이닝

바지에 잠바를 걸치고 아파트 앞에 위치한 무인점포에 들어갔다. 여전히 사람의 훈기가 가신 기계와의 대화가 역겨웠다. 10대의 냉장고에 있는 것들 중에 필요한 것들 하나씩 꺼내 장바구니에 담고 기계로 돈을 지불하면 되는데 사람과의 대화가 그리웠다. 해서 우리 동네 냉장고를 빠져나와 10분을 걸어 변두리 아파트 끄트머리에 위치한 재래시장으로 향했다. 도시 변두리 시골 동네가 헐리고 아파트가 들어서기 전에 위치했던 곳으로 작은 점포 몇 개와 땅바닥에 쪼그리고 앉아 물건을 파는 할머니들이 눈에 띄었다.

입에서 군내가 나서 무슨 말이라도 하고 싶어진 나는 사방을 둘러보았으나 스쳐가는 군상들은 모두 손에 핸드폰을 들고 거기에 빠져서 옆을 보는 사람도 없다. 모두 달팽이가 되어서 걷고 있었다. 제일 가장자리에 앉은 할머니가 바닥에 때가 꼬질꼬질 긴 보자기를 펼쳐놓고 봄나물을 팔고 있었다. 가까이 다가가서 보니 뿌리째 뽑은 갈색 잎의 냉이를 작은 비닐 소쿠리에 담아놓았다. 우리 동네 냉장고에서는 다 씻어서 양념까지 포장해내서 물만 부어 끓이면 먹을 수 있게 포장되어 있는데 이걸 사다가 다듬고 씻어서 삶고 양념해서 끓이자면 이건 거대한 노동력을 요구하는 일이었다. 그냥 돌아서서 무인점포인 우리 동네 냉장고로 갈까 하다가 말이 하고 싶어서 할머니 앞에 앉았다. 처녀가 냉이를 사겠다고 앉으니 신기한 듯 노파는 멈칫했다.

"세상에! 처녀가 이걸 사다 어떻게 요리하는지 알아?"

"이거 얼마에요?"

"한 소쿠리에 2천 원. 혼자 먹으려면 한 소쿠리만 사가."

할머니의 손이 눈에 들어왔다. 진짜 마른 나뭇가지처럼 비쩍 말라 앙상한 손끝은 기름기가 모자라 쩍쩍 갈라지고 굳은살이 박여 갑자기 연민의 정이 솟구치며 가엾다는 생각이 들었다. 보자기에 깔린 것을 다 사면 다섯 소쿠리 정도쯤 될 터이다. 만원이면 이 할머니는 집으로 가서 쉴 수 있을 것이다. 이걸 사서 버리더라도 착한 일을 하고 싶다는 마음에 나는 아주 당당하게 나섰다.

"할머니! 이거 제가 다 살게요. 전부 얼마지요?"

"이걸 다 사겠다고?"

"몽땅 제게 파세요. 그리고 어서 집에 들어가 쉬세요."

"안 팔아."

"왜요? 할머니! 어서 다 제게 파시고 집에 일찍 들어가셔요."

"한 소쿠리만 사가. 다 안 팔아."

"제가 이걸 다 사는 것이 할머니를 불쌍히 여겨 그러는 것이 아니고 필요해서 사는 거라고요."

그러자 할머니는 안 판다며 한 소쿠리만 비닐봉지에 담아 내밀고는 보자기 끝자락으로 남은 냉이를 덮어버렸다.

"할머니! 제가 오늘 이걸 다 사서 삶아서 냉동시켜놓고 먹으려고 그러니 파세요. 냉이는 한 철이라 이 시기가 지나면 살 수 없잖아요. 어서 저에게 다 파세요."

그러자 이마에 깊은 주름을 잡으며 할머니는 혼자 중얼거렸다.

"이걸 몽땅 팔아버리면 난 무얼 팔라고 그래."

"으하하……. 아이쿠, 가슴이야. 으하하……. 할머니 진짜 웃긴다."

나는 터져 나오는 웃음을 맘껏 봄하늘을 향해 터트리고는 돌아섰다. 그래도 할머니와 옥신각신 이런 대화라도 나누고 웃고 나니 막혔던 숨통이 트여서 살 것만 같았다.

이건숙
한국일보 신춘문예 당선, 서울대학교 독어과 졸업, 미국 빌라노바 대학원 도서관학 석사, 단편집:『팔월병』외 7권, 장편 『사람의 딸』외 9권, 들소리문학상, 창조문예 문학상, 현):크리스천문학나무(계간 문예지) 주간

이상한 풍향계

김 지 원

노선생이 우리 교회 봉사자로 온 것은 어느 해 봄이었다. 그는 당시 결혼한 지 얼마 되지 않았고 갓 태어난 딸을 하나 두고 있었다. 사람과의 관계가 항상 그러하듯 서먹서먹하던 분위기가 가시고 허물이 없어지자 그는 이런 말을 했다.

"목사님, 사실 처음에 목사님이 좀 두려웠습니다."

나는 깜짝 놀라 반문했다.

"두렵다니?"

"제 고향이 경상도거든요. 그런데 목사님이 호남 분이라 사실 좀 긴장했습니다."

그 말을 듣고 긴장한 쪽은 나였다. 세상에 어쩌다 사람의 마음이 이렇게까지 되었는지 탄식이 나왔다. 사실, 그동안 말은 하지 않았지만 작은 나라에 앙금처럼 가라앉은 것이 지역감정이었다. 평소에는 아무렇지도 않은 듯하다 바람만 불면 온갖 티끌이 공중으로 떠올라 시야를 흐려놓은 것처럼 나라를 혼란스럽게 만드는 만성 염증 같은 것이었다. 그리고 그것은 언제부터인가 교회까지 파고 들어와 사람들의 마음을 갈라놓았다.

왜, 언제부터, 무엇 때문인지도 모르는 이 단군 이래의 최대의 이단사설에 사람들은 자신도 모르게 휘말려들었다. 무슨 일이든 옳고 그름의 문제가 아니라 어디서 사느냐가 문제요 정의와 불의의 문제가 아니라 어느 방향인가가 문제가 되어 서로 미워했다. 더더구나 이런 일들이 하나님의 교회까지 버젓이 파고들다니 할 말을 잃었다. 그러면서 노선생은 또 이런 말을 했다.

"그런데 사실 우리 동네 사람들이 전라남도 함평에서 온 사람들이거든요."

그 말을 해놓고 내 눈치를 살폈다. 나는 그에게 여러 가지 말로 신앙인의 자세에 대해서 누누이 설명했다. 그리고 그 해 우리 교회 학생과 청년들은 호남에서 살다가 영남으로 이주했다는 노선생 고향으로 꽤 먼 여름 하기 수련회를 은혜 가운데 다녀왔다.

노선생은 그 후 우리 교회에서 여러 해 동안 성실히 잘 봉사하다가 다른 곳으로 임지를 옮겼다. 그런데 최근에 우리 교회 여자 집사 한 사람이 내게 이런 말을 했다. 그는 내가 전도사 시절부터 신앙생활을 지도해온 학생으로 서울에서 태어났고, 서울에서 성장했고, 이제는 결혼해서 살고 있는 그런 보통 사람이었다. 하루는 그가 직장생활을 하고 있는 직장의 전무가 부르더니 '그만 두라'고 하더란다. 그러면서 묻기를 "고향이 어디냐" 해서 "서울입니다. 아버지 고향은 예천이구요." 그러자 그는 "아, 예천!" 그러더니 계속해서 근무하라고 태도가 돌변하더라고 하였다.

그러더니 며칠이 지나고 다시 묻기를 "남편의 고향이 어디냐"고 물어 전주라고 했더니 안 되겠다고 고개를 갸웃거리더라는 거였다. 그 말을 끝낸 후 그 여자 집사는 이렇게 말했다.

"웃겨요 목사님, 웃기잖아요! 도대체 남편의 고향과 직장이 무슨 상관이 있다고?" 하면서 허탈하게 웃어댔다. 그 집사와 나는 한동안 소리 내어 웃고 있었다.

2015년도 한국크리스천문학가협회 여름 세미나는 보기 드물게 성황을 이루었다. 세미나의 주제가 '표절'로 현실감이 있어서도 그랬지만 무엇보다도 한국교회에서 존경받는 목회자 중의 한 분이신 신 목사님과 좌장으로 세미나 주제를 이끌어 가시는 김장로님의 해박한 식견 때문인 것을 아무도 부인할 수 없으리라.

그런데 세미나 발표를 하시던 신 목사님은 말미에 이런 말을 했다. "과거 신학대학 재직 시 후임 총장을 뽑는데 정교수인 나를 후보자에서 빼고 내 밑에 있던 조교수인 P를 총장으로 뽑았는데 이유는 그가 경상도 출신이었기 때문이었습니다.

나는 충청도 출신이기 때문에 배제되었습니다. 라고 했다. 더더구나 그는 가박임에도 불구하고 지역 때문에 된 것이요 이것이 현재 우리가 살고 있는 사회요 한국교회의 민낯입니다."라고 덧붙여 말했다.

아니, 이럴 수가……? 나를 위시해서 그 자리에 참석했던 모든 사람들은 다 귀를 의심하였다. 제발 사실이 아니기를! 그러나 그것은 사실이었다. 좌장을 맡은 김장로님도 난감한 표정을 지으면서 이중환의 택리지를 읽어보라고 권했다.

이중환의 택리지에는 "영남과 평안도만 칭찬하고 나머지는 다 부정적으로 기술했다"는 말도 덧붙였다. 사실 이중환, 그는 원래 충청도 부여 사람으로 외가가 전북 고창이지만 평생 호남에는 한 번도 가본 일도 없고 살아본 일도 없는 사람이다.

그가 어찌 그런 말을 했는지 모른다. 당쟁 때문에 본인이 피해를 봤는지 아니면 개인적으로 조상 죽인 원수가 살았던 곳이어서 그랬는지 아무도 모른다. 우리는 좁은 땅에서 살고 있다.

미국이나 중국의 백분의 일, 브라질의 팔십 오분의 일, 그리고 가까운 일본은 말할 필요도 없고 동남아 국가인 필리핀이나 베트남보다도 인구도 작고 국토도 역시 작다. 그런 와중에서 민족 이동이 빈번했다. 흉년이나 잦은 오랑캐의 침범 때문이었다. 따라서 서로 뒤섞여 사는 일이 많았다.

영남에 터를 두고 살던 사람이 몽고의 침입으로 호남으로 피란을 와 성씨의 본이 바뀐 경우도 있고 반대로 호남에 뿌리를 두고 살다 함경도로 가 이북 사람이 된 경우도 있다.

전라북도 김제 금산사 밑에 있는 원평 마을은 세상이 개벽되면 도읍이 된다는 강증산의 말을 듣고 경상도 사람 삼천 명이 모여 사는 세칭 경상도 마을이 되었고 정읍 산외면은 평사낙안(平沙落雁)이라 하여 일제 때부터 역시 경상도 사람들이 많이 거주하였다.

경북 차암면 금계촌은 십승지지(十勝之地) 중 하나로 이북에서 온 사람들이 절반 이상이 되고 특별히 평북 박천이나, 영변이나, 개성 사람들이 들어와 인삼 농사를 시작하였다.

앞서 밝힌 대로 우리 교회 노선생의 선대는 전남에서 경남 합천으로 이주해 와 자자일촌을 이룬 곳이기도 하다. 그 동안의 행정구역도 여러 차례 변경되었다. 금산, 논산, 강경은 전라북도에서 충청남도로 변경되었고 영동은 경북에서 충북으로, 울진은 강원도에서 경북으로, 제주도는 전라남도 제주군에서 자치도가 된 경우이다.

거주지가 바뀐다고 사람이 바뀌는 것인지 아니면 행정구역이 바뀌면 사람의 특성이 바뀐다는 말인지 도무지 종잡을 수 없다. 사람의 개개인의 문제를 집단으로 보고 주관적인 문제를 객관화시키고 지역 전체를 보편화시켜 폄하하는 일은 어디서부터 온 것일까.

상대를 비하하고 자신은 상대적인 우월감으로 높아지려는 정신과적 질병이 이미 심각한 상태인 것은 분명하지만 아무도 심각성을 깨닫고 있는 것 같지 않다. 심지어는 상대를 비하하기를 한쪽은 홍어로 다른 한쪽은 과메기로 비하하여 욕을 쏟아내고 있으니 이 나라는 지역감정 때문에 애꿎은 물고기까지 욕을 먹고 있는 나라이다.

역사적으로는 왕건이나 이성계나 최근세의 군부 쿠데

타 세력에 이르기까지 바른 말로 저항하는 세력들을 억압하기 위해 지역 전체를 비하하고 정통성을 인정받지 못한 정권을 유지하기 위하여 바른 말하는 세력을 폄하하며 인구 대비 국민 사이를 이간질시킨 것은 아닌지 의심되는 부분이다. 그리고 여기에 철없는 국민들이 부화뇌동하므로 시작되지는 않았는지. 아무튼, 그건 그렇다 치더라도 구원받은 하나님의 백성들이 모인 교회에서까지 세상 사람들과 조금도 다를 바가 없으니 문제다.

한국 교회는 신앙의 우선순위를 모르는 듯하다. 동서간에 항아리에 금가듯 금이 가 있는데 남북통일을 위해서 기도하자고 하고 눈에 보이는 형제를 미워하면서 아프리카의 고통 받는 형제들을 위해서 선교 헌금을 드리자고 하니 말이다.

대단한 눈속임이요 기만이다. 이는 마치 겉으로는 동일한 하나님의 자녀라 하면서도 내심 기도할 때는 나는 저 세리나 죄인들과 같지 않다던 바리새인의 외식이 아니고 무엇이랴. 말하는 것은 하나님의 자녀인 것 같으나 하는 짓을 보면 하나님의 자녀 같질 않다.

철저한 지역적 편 가르기와 교만한 우월주의는 풍수도참설을 가르친 중 도선의 자녀거나 묏자리 잡는 지관의 제자에 더 가깝다. 성경에도 지역감정이 있었다. 유대와 사마리아의 경우이다. 사마리아 성전이 왜 생겼는가 하는 역사적 근거는 차치하고라도 서로 상종도 하지 않고 살았으니 말이다. 아무튼 두 개의 성전을 세워놓고 서로 정통성을 주장하였으며 유대인들은 사마리아인을 혼혈이라 하여 비하하고 사마리아로 향하는 길도 가지 않았다.

우물가 사마리아 여인이 바로 예수님을 만났을 때 이 문제를 예수님께 물었다. 어느 쪽이 정통이며 어느 장소에서 예배를 드려야 하나님이 기뻐하시는가를. 예수님의 대답이 분명 둘 중 하나가 될 거라 생각했지만 그 생각은 빗나갔다. 예수님은 둘 중 하나를 선택하신 것이 아니라 둘 다 아니었다. 그리고 말씀했다.

"이곳에서도 말고 저곳에서도 말고 하나님은 영이시니 예배하는 자가 진정과 신령으로 예배할지니라."이었다. 이 말은 어떤 지역이나 장소가 중요한 것이 아니라는 말씀이었다. 어디서 예배를 드리든지 하나님께 진정과 신령으로 드리라는 말씀이셨다.

성경의 가르침은 사랑이다. 원수도 사랑하고 핍박하는 자를 위해서 기도하라는 가르침이다. 그런데 원수가 아닌 믿음의 형제들을 미워하고 있는 것이다. 한 번 만나 보지도 않은 생면부지의 사람을, 살아본 일도 없고, 한번 대화를 해 본 일도 없는 형제들을 지역적 편견만을 가지고 대하며 사람을 비하하고 있다. 경건의 모양은 있지만 경건의 능력을 부인하는 자들이요 구원과는 상관없는 불의한 종자(從者)들임이 분명하다.

우리 조상은 요동반도에 살고 있었던 소호금천씨족이었다. 한반도에서는 그 뿌리가 경상남도 김해로부터 출발한다. 고려시대에는 개성에서 살았지만 이성계가 위화도 회군으로 정권을 찬탈하고 조선을 세우자 1392년 두문동 70인처럼 7형제가 흩어져 각 도에 은거했는데 그 중 한 분이 호남에 정착했다. 나는 호남에서 공직자이신 아버지를 따라 여기저기 전학하며 학교를 다니다가 서울에 거주한 지 오십 년의 세월이 가까이 오고 있다.

도대체 거주지를 옮길 때마다 사람의 형질이 변하는 것인지 아니면 고향이 한 번 정해지면 자자대대손손 영구불변하는 것인지 그것도 아니면 필요할 때만 고향을 언급하는 것인지 알 수 없는 일이다. 혹자는 제 땅에서 나는 식물과 환경에 영향을 받는다고도 하지만 지금처럼 반나절 생활권에 유무상통하고 외국농산물이 홍수처럼 쏟아져 들어오는 마당에 과연 맞기나 한 말인가.

또한 냉난방 시설이 완벽한 천편일률적인 아파트에서 사는 세상에 어순이나 맞는 말인가. 참으로 이상한 풍향계의 나라다. 정치를 해도 취직을 해도 사업을 해도 개인별 능력보다는 동서남북 방향이 맞아야 하고, 사람을 채용해도 방향을 보고 채용하며, 결혼을 해도 방향을 보고하고, 선량(選良)을 뽑는 일도 방향을 보고 뽑는 웃지못할 나라이다.

이렇게 작은 나라를 더 작게 세분하는 능력 때문에 아이티 강국이 되었는지 아니면 아이티 강국이 되다 보니 사람들이 좀생이가 되었는지 알 수 없는 일이다. 도대체 이 나라 성씨 중에 고대로부터 중국과 연관되지 않은 성씨가 얼마나 되며 가까운 일본이나 여진이나 흉노나, 거란과 상관되지 않는 사람이 몇이나 되는가. 그밖에 인도나, 몽고나 아라비아나 네덜란드나 베트남의 피가 섞인 것을 알고나 있는 것일까.

호남을 본으로 하는 성씨를 어찌 피할 수 있으며 영남을 본으로 하는 성씨를 벗어나 어찌 살 수 있으랴. 그럼에도 몰지각한 사람들이 너무 많다.

인터넷에 떠도는 글들을 보라. 서로 간 얼굴도 모르는 사람들끼리 주고받는 악의에 찬 비방의 글들을! 분명 천사의 짓이 아닌 것만은 확실하다.

한심하다는 생각뿐이다. 더더구나 이런 일이 세상의 빛이 되고 소금이 되어야 할 교회에서 버젓이 행해지고 있으니 문제다. 교회가 본이 되어야 하는데 본이 되지 못하고 예언자적 사명을 감당해야 하는데 예언자적 사명도 팽개친 지 오래다. 아니, 그보다 오히려 세상 뒤꽁무니나 따라다니기에 급급하며 뒷북이나 치고 있으니 더 무슨 말이 필요하랴.

제발 정신들 좀 차렸으면 좋겠다. 제 족보도 모르고 조상선영에 침 뱉는 짓은 이제 그만 두었으면 좋겠다.

(독자 조회 1387회)

김지원
_____

「현대시학」, 광주일보 등단, 창조문예문학상 등
수상, 한국크리스천문학가협회장 역임등
시집「다시 시작하는 나라」등8권

그리움으로 남는 이별

신 건 자

꽃은 필 때까지의 과정이 신비롭고 아름답다. 활짝 피고 나면 이미 추상했던 대로의 신비함이나 더 이상의 아름다움은 찾아보기 힘들다. 한 번 핀 꽃들은 무엇이 그리 급한지 금세 윤기를 잃고 낙화의 몰골로 추연해진다. 그리고 이별을 예고한다.

이 봄이 그렇다.

망울망울 부풀다가 한 송이 두 송이 팝콘처럼 피어나던 벚꽃도, 연초록으로 싱그럽게 피어오르던 풀냄새도 어느새 떠나가는 봄 자락에 매달려 자태를 감추려 한다. 내 마음속에 정갈하고 순수하게 담겨졌던 친구가 또한 그렇다. 긴 여운을 남기지 못하고 이 봄과 더불어 모두 떠나려는 몸짓으로 내 앞에서 멈칫댄다. 그런 그들을 아픔으로 떠나보낼 것인지, 그리움으로 남길 것인지. 아니면 영원히 별리를 고할 것인지.

존경할만한 친구가 있었다. 내 눈에 비친 그는 신선이며 자비의 본체였다. 잔잔한 바다와도 같고 학처럼 깨끗했다.

인내의 소산이며 선량의 극치였다. 그의 입에선 단 한 번의 큰소리도 나오지 않았고 항상 단정히 앉아 차근차근 업무를 처리했다. 두뇌도 명석하여 아무리 어려운 일에 부딪혀도 당황하는 기색 없이 논리적이고 합리적으로 매끄럽게 마무리했다. 매사 능력 부족에 감성적이며 어수선한 나는 그런 친구가 곁에 있다는 것이 큰 힘이고 자랑이었다. 그 친구에 대한 내 마음은 감동의 포화상태로 기회만 있으면 그 친구 자랑을 했고 앞으로 더 큰일을 할 인물이라고 여러 사람 앞에 추켜세웠다. 그러면서 내가 그의 친구라고 하면 누가 될까봐 뒷전으로 비켜서서 나를 낮추었다. 이처럼 친구를 최대한 신선시, 고귀시, 품격 높은 인격자로 활짝 피워 올렸다. 그러나 만개한 꽃은 청초하지도 신비스럽지도 않다고 했던가!

순수한 마음으로 우러르며 소중히 피워 올린 친구는 어느 날 나와 거리를 둔 먼발치에서 활짝 피어났다. 그렇게 피어난 친구의 향기는 얼마 동안 내게까지 풍겨오는 듯싶더니 갑자기 '무시'라는 독소로 나의 폐부를 깊숙이 찔러왔다. 그 독소는 의외로 진했다. 아무 방어 없이 찔린 나는 당혹감을 금치 못했다. 상처가 너무 깊고, 크고, 아팠다. 그 아픔은 그를 향했던 순수의 척도만큼 최상치의 격정과 서운함과 서러움을 동반한 채 몇날 며칠을 가슴속에서 들쑤시며 곪았다. 활짝 핀

후엔 더 이상 필 것도 없어 추연한 모습으로 낙화하는 꽃들의 생리를 나는 어리석게도 인간과는 무관한 것인 줄 알았던 게 잘못이었다.

결국 최상 치로 극찬했던 꽃은 어디까지나 내 맘대로 피워 올린 환상의 꽃이었으므로 그 꽃이 독소를 뿜으며 추연한 몰골로 낙화하는 모습을 보고 놀랄 필요도, 서러워 할 필요도 없다는 생각을 하면서 상처는 서서히 아물어 갔다. 뒤따라 친구 위에 피워 올린 최상치의 꽃도 낙화 속에 묻혀 버렸다.

오늘은 담담한 심정으로 가는 봄을 바라보고 서 있다.

봄비가 내린다. 소리 없이 내리는 봄비 사이로 초등학교 2학년 때의 반장 얼굴이 떠오른다. 나보다 나이가 두어 살 많았던 걸로 기억한다. 키가 멀쑥하게 컸고 눈 다래끼가 자주 나는 선량한 남자애였다. 선량한 반장은 반 애들이 잘못했을 때 대신 매를 맞아주었다. 한 번은 최연소자였던 내가 색종이 접기에 어둑하여 울고 있으려니까 자기가 접은 것을 들고 책상 밑으로 기어와 "울지 말고 이거 가져, 또 접어줄게" 하였다. 나는 그때부터 넓은 아량의 반장을 사랑하게 되었다. 그해 여름은 햇볕도 따갑고 무더웠다. 그리고 6.25전쟁이 터졌다. 반장은 어디론가 피란을 떠난 후 아직도 돌아오지 않는다. 내가 애타게 기다린 줄도 모르고……

세월이 흐르면서 까까머리 반장의 모습은 물안개처럼 부옇게 희석된 채 내 기억에서 자취를 감추었다. 그런 반장 모습이 지금 꽃처럼 피워 올렸던 친구와의 이별을 새김질하고 서 있는 내 가슴을 헤집고 한 아름의 그리움으로 다가온다. 영원히 떠난 줄 알았던 어린 날의 선량한 반장이 이별의 상흔까지 대신 아파해 주려고 다가오는 것일까?

'조용히 비가 내리네 추억을 말해 주듯이/ 옷깃을 세워 주면서 우산을 받쳐 준 사람/…… 어디에선가 나를 부르며 다가오고 있는 것 같아…….

노랫말에 실려 점점 더 큰 영상으로 다가오는 까까머리 반장. 실체는 보이지 않지만 가슴속에 그리움으로 남아 있다면 그것은 결코 이별이 아니다. 두 번 다시 생각하고 싶지도, 만나고 싶지도 않아 가슴에서 흔적 없이 지워버린 것만이 영원한 이별 아닐까! 그렇다면 지금 나는 몇 사람의 가슴에 이별 아닌 그리움으로 남아 있을까?

신건자

* 「시와 의식」 등단. 수필집: 『미루나무가 서 있는 풍경』, 『그곳에서 꽃밭을』, 『겨울 숲』외. 동화집: 『만세 정전은 끝났다』외. 한국문협, 한국크리스천문협, 한국수필문학가협 회원. 아동문예작가회회장. 한정동아동문학상. 한국크리스천문학상 수상

그립다, 옛 친구

유 영 자

황혼의 언덕을 훌쩍 넘어온 지금까지 좋은 친구가 내 곁에 있다는 건 분명 축복받은 일 중에 하나일 것이다. 이 제 새롭게 친구를 사귈 나이도 지나고, 현재 있는 친구와 정을 나누며 인생 끝나는 날까지 지낼 수 있다면 그 보다 더 기쁜 일이 어디 있을까. 그래서 친구는 묵은 친구가 좋고 옷은 새 옷이 좋다는 속담까지 생겨난 모양이다.

나는 그동안 살아오면서 여러 친구들을 사귀며 지내왔다. 학교에서, 사회에서, 직장에서, 교회에서…… 그 중에서 잊을 수 없는 친구를 들라 하면 대학교 때 같은 과 벗들이었던 금숙이와 영란이를 꼽겠다. 먼저라고 하는 것은 빨리 머리에 떠오르는 친구를 뜻한다. 그 친구들과의 있었던 일은 세월이 아무리 흘러도 잊을 수가 없다.

그 무렵 대학 졸업 시험이 있던 날이다. 시험 날짜가 다가오고 시험 전날이 되면 항상 공부할 시간이 모자란 듯 쩔쩔 매며 공부에 열을 올린다. 어렵게 구한 커피를 한 약처럼 찐하게 탄 후 약 먹듯 쭈욱 들이키고는 당일치기 공부를 했다.

유아교육학과에서는 작곡법 공부가 매우 중요했다. 시나 동시에 가락을 붙이기도 하고, 멜로디만 있는 단음에 화음을 넣어 반주 할 수 있도록 하는 공부였다. 일반대학 작곡과와는 달리 유아교육학과에서는 기초적인 것을 배워 어린이들 동요 시간에 반주 할 수 있으면 되었다. 내가 특별히 좋아하던 과목이라 밤늦도록 공부를 하고 잠이 들었다.

아침 6시쯤 되었을까? 새벽기도회를 다녀오신 아버지가 누가 찾아왔다며 날 깨웠다. 아무리 생각해도 찾아올 사람이 없는데 도대체 누굴까? 난 떠지지 않는 눈꺼풀을 억지로 치뜨고 하품을 연상 해대며 밖으로 나갔다. 밖에는 내가 유아교육 실습을 나갔던 교회의 목사님이 서 계셨다. 심청이를 만난 심봉사 같이 나는 깜짝 놀라 눈이 번쩍 떠졌다.

"어머, 목사님! 이른 아침에 저희 집엔 어떻게 오셨어요?"

"유선생님 도움이 절실히 필요해서 염치 불구하고 찾아 왔습니다."

목사님은 사정을 이야기했다.

"저희 교회 부속 유치원 원장님이 갑자기 맹장이 터져 새벽에 응급실에 실려 갔어요. 오늘 오전에 백 여명이 넘는 원아들 졸업식이 있는데, 보조 선생님 혼자서는 감당할 수 없을 것 같아요. 유선생님이 오셔서 원장님 대신 진행을 맡아 주실 수 있을까요?"

물론 졸업시험이 없는 날이면 기꺼이 가겠지만, 공교롭게도 내 시험과 유치원 졸업식이 오전 10시, 같은 시간이었다. 무단결석에다 졸업 시험까지 안 보게 되면 불이익이 닥칠게 뻔했다.

　　"목사님, 안되겠어요. 졸업 시험 안 보면 졸업 못 할지도 몰라요, 죄송합니다."

　　목사님은 난감한 얼굴로 한참을 생각하시더니 숨을 길게 몰아쉬며 말씀을 하셨다.

　　"선생님, 만약 시험을 안 봐서 졸업에 문제가 생기면 우리 유치원에 모실 테니 취직 걱정은 마시고 도와주십시오."

　　목사님의 간청에 마음이 흔들렸다. 어찌나 간곡하게 사정을 하던지 그만 승낙을 하고 말았다. 그 시절 우리 집엔 전화가 없어서 친구들한테 연락을 못하고 무단결석을 한 채 유치원 졸업식을 진행하러 갔다. 그렇게 6개월 동안 실습하면서 정이든 꼬마들이 무사히 졸업식을 끝냈다.

　　그 뒷날, 보육학개론 시험을 보기 위해 일찍 학교엘 갔다. 나보다 먼저 와 있던 친구 금숙이가 나를 보자 눈을 동그랗게 뜨고 달려와 날 한쪽으로 끌고 가더니 비밀스럽게 속삭였다.

　　"야! 너 어쩌자고 연락도 없이 졸업 시험 보는 날 결석을 하니? 아무리 기다려도 네가 오지 않아, 내가 너 대신 몰래 시험지 써서 제출 했어. 쉿, 이건 비밀이야."

"정말? 너무 고맙다!"

나는 금숙이의 손을 잡고 경중경중 뛰며 쾌재를 불렀다. 심지어 금숙이는 작곡 이론 실력이 월등한 친구였다.

"대신 오늘 점심 사 줄게."

둘이서 깔깔거리며 교실로 들어가는데 영란이가 나를 보고 한달음에 쫓아왔다.

"어머, 너 간덩이도 크더라. 졸업 시험 안보면 어떻게 되는지 알지? 어쩌나 걱정이 되던지 내가 네 시험지 대신 써 냈어. 떨려서 죽는 줄 알았네⋯⋯."

그 말을 듣는 순간 가슴이 쿵 하고 내려앉았다. 내 이름으로 두 장의 시험지가 제출되었다니! 친구를 위하여 위험을 무릅쓰고 대신 시험을 봐준 친구들을 나무랄 수도 없고, 한숨만 길게 나왔다. 일은 이미 벌어졌으니 지혜롭게 수습하는 길 밖에 없었다.

졸업 시험이 끝난 마지막 날 오후, 우리 셋은 의기투합하여 나운영 교수님 댁을 찾아가기로 했다. 나운영 교수님은 그 시절 매우 유명한 작곡가였다. 지금도 그분이 작곡한 곡들이 많은 사람들에게 사랑을 받고 있다. 대표적인 곡으로 '여호와는 나의 목자시니', '달밤'이 있다. 나운영 교수님은 원래 다른 대학에 근무하시면서 내가 다니던 대학엔 일주일에 한 번씩 출강을 나오셨다. 자그마한 키에 당당하고 위엄이 가득하면서도 온 몸에서 예술의 끼가 넘쳐흐르던 멋진 교수님이셨다.

이번 일은 순전히 나 때문에 벌어진 일이라 책임을 지고 앞장을 섰다. 우선 가게에 들어가 교수님 댁에 들고 갈 선물을 샀다. 그때는 설탕이나 계란을 선물로들 많이 들고 다녔다. 해서 지푸라기로 싼 계란 세 줄을 사 들고 교수님 댁을 찾아가 초인종을 눌렀다. 마침 집에 계시던 교수님께서 누구냐고 묻지도 않고 문을 열어 주셨다.

방안에 든 우리는 넙죽 엎드려 큰 절부터 드렸다. 그리고 내가 먼저 솔직하게 자초지종을 아뢰며, 온전히 내 잘못이니 친구들은 용서하시고 나에게만 벌을 달라며 슬픈 목소리로 말했다. 그러자 옆에 있던 금숙이가 나섰다.

"교수님, 유영자는 아무 잘못이 없어요. 부탁도 안했는데 잘난 척 하고 대신 시험을 봐준 제 잘못이 큽니다. 두 친구는 용서하시고 저에게만 벌을 주세요."

금숙이의 목소리에 진심이 묻어 있었다. 영란인 콧물만 훌쩍이며 고개를 푹 수그리고 있었다. 말없이 우리들의 이야기를 듣고 계시던 교수님이 시험성적을 들추어 보시더니 들릴 듯 말 듯 한 마디 하셨다.

"셋 다 공부들은 곧잘 하는구먼."

그리고 빙그레 웃으셨다.

"난 오늘 자네들의 우정에 큰 감동을 받았네. 이처럼 아름다운 우정을 가진 학생들이 있다는 건 아주 자랑스러운 일이야. 교사의 역할은 아이들을 교육하는 것 뿐 아니라, 자네들처럼 따뜻한 사랑을 공유하고 나누는 것이라는 걸 잊지 않길 바라네."

교수님은 일하는 아이를 불러 다과상을 부탁했다. 우리는 바늘방석에 앉아 겨우 차 한 잔씩을 비우고 감옥에서 석방되듯 교수님댁을 빠져 나왔다.

황혼이 내려앉은 지금도 대리시험으로 난관을 치뤘던 그날을 떠올리면 우리 셋은 껄껄 웃음부터 나온다. 오랜만에 그리운 옛 친구들을 만나 실컷 웃고 떠들다 와야겠다.

유영자

「크리스천문학나무」 등단, 저서 『24가지 동화로 배우는 하나님 말씀』, 수필집 『양말 속의 편지』, 『감사의 향기로 나를 채우다』(공저), 크리스천문학 나무문학회 회원, MBC 문화방송 신인문예상 수상, 남포교회 집사

간웅 조조의 양생법

이 주 형

행복 중의 으뜸은 건강이라 했다. 제아무리 부귀영화를 누린다 할지라도 건강이 뒷받침 되지 않으면 소용없다. 한 가정의 화목한 행복 또한 식구들 개개인의 건강을 기본 바탕으로 가능한 일이다.

나관중의 삼국지에 의하면 조조는 간웅이어서 많은 독자들로부터 미움을 받는다. 무명시절이었던 조조가 당시 인물평의 대가로 명성을 떨치던 허소를 찾아 부탁하니 "태평한 시절에는 좋은 신하가 될 것이고, 난세에는 간웅이 될 상이외다."라고 답했다. 그러나 한 개인의 인물 평가는 그렇게 단순한 것이 아니다. 애초에 삼국지를 집필했던 서진의 진수는 일찍이 어린 조조의 됨됨이를 평하여 '비범한 인물'이라고 기록했다. 많은 역사학자들 역시 조조가 '비범한 인물'이라는 사실에 이견 없이 동의한다.

삼국지연의(三國志演義)는 중국의 대표적 고전 소설로, 명나라 때 나관중이 쓴 책이다. 서진(西晉)의 진수가 집필한 '삼국지'와 배송지의 '삼국지주(三國志註)'에 수록된 야사와 잡기를 근거로 '전상삼국지평화(全相三國志平話)'의 줄거리를 취하여 쓰인 작품이다. 우리나라에서 소설로 번역된 대부분의 삼국지연의는 당시 수교국이었던 대만에서 가져온 것이다. 1992년 한중 수교 이후 중국 본토에서 들어온 원본과는 상당한 차이가 있음이 후에 밝혀졌다.

조조가 젊었던 시절, 인근 마을에는 유명한 도사 한 분이 살고 있었다. 도사는 언제나 푸른 소를 타고 다닌다 해서 청우도사(靑牛道師)라 불리었다. 남다른 야망을 가슴에 품고 있던 조조는 우선 자신이 건강해야 뜻을 펼 수 있으리라 생각했다. 조조는 하루 틈을 내어 도사를 찾아뵙고 양생법의 가르침을 간청한즉 다음과 같은 답변을 들을 수 있었다.

"첫째는 몸을 수고롭게 하라. 둘째는 음식을 적게 먹어라. 그러나 몸을 수고롭게 하되 너무 피곤하게는 하지 말며, 음식을 적게 먹되 허기지게는 하지 말라."

조조는 그 이후부터 청우도사의 가르침을 충실하게 지켰다. 생과 사를 넘나드는 싸움터를 전전하며 여러 차례 죽을 고비를 넘기면서도 66세까지 건강한 몸으로 살았다. 60세를 맞는 일이 드물었던 시절이므로 조조는 천명을 다했다고 할 수 있으리라.

사람은 누구나 오래 살고 건강하기를 바란다. 금강산도 식후경이라 했으니 몸이 편해야 마음의 여유도 생긴다. 그러나 최근의 추세를 보면 건강을 지나치게 중시하여 오히려 건강 노이로제가 만연하고 건강 염려증이 생길 정도다. 한때 건강에 좋다는 반지와 팔찌가 유행하더니, 근자에는 이른바 '건식'이라고 불리는 건강 식료품의 광고가 신문을 가득 메우고 있다. 이런 건강 보조 식품이나 기구들이 정말로 효험이 있어서 늙고 병들어 아픈 사람들에게 도움이 된다면야 그보다 더 좋은 일이 어디 있으랴.

다만, 이런저런 모든 방법에도 불구하고 그 뿌리는 단순한 데 있음을 잊어서는 안 된다. 바로 조조의 양생법이 그 좋은 예가 될 것이다. 몸을 수고롭게 한다는 것은 곧 땀을 흘려 열심히 일을 한다는 것이다. 노동은 신이 인간에게 내려준 축복이라고 했다. 내 몸을 움직여 일을 할 수 있다는 것은 살아있는 자의 기쁨이요, 땀 흘려 얻은 대가는 일하는 자의 보람으로 생활의 근거가 된다. 이처럼 기쁨과 보람의 원천인 노동은 가정의 행복과 평화를 심어주고, 일하는 자에게는 건강을 안겨준다.

자신의 땀을 흘리지 않고 남이 땀 흘려 얻은 재물을 몰래 훔치고 강탈하는 자는 도둑이요 강도다. 감언이설이나 권세를 이용해 재물을 모으는 자 또한 매한가지다. 부실 공사로 수많은 인명을 잃게 했거나 국민의 세금으로 비자금을 모았던 자들도 법의 심판을 받아 옥살이를 하고 있다. 뿌린 대로 거두리라 했으니 악한 씨를 뿌린 사람들이 당연한 결과로 거두는 쓰디쓴 열매이리라.

위를 7부만 채우면 평생 건강하다 했고, 소식은 예전부터 장수비법으로 전해진다. 과식은 스스로 화를 불러들이는 나쁜 습관이다. 과식은 위장병과 비만의 원인이 되어 성인병의 문제를 일으키기 때문이다. 어느 고승은 말하기를 매 끼니란 허기를 면할 정도면 족하다고 했다. 욕심 사납게 많이 먹고 어깨로 숨을 쉬다 보면 눕고 싶어지며, 누우면 자고 싶어진다. 이처럼 과식은 사람을 게으르고 천박하게 만든다.

여기서 적게 먹는다 함은 비단 음식에 관한 것만이 아니고, 욕심을 부리지 말라는 뜻과도 일맥상통한다. 불가에서는 마음을 어지럽히는 요인으로 탐진치 삼독(貪嗔痴 三毒 : 탐내고 성내고 어리석은 세 가지 마음의 독)을 꼽는다. 이 중에서 탐하는 마음, 즉 욕심을 으뜸가는 독으로 친다. 모든 악의 시작이 욕심에서 비롯되어 행해지기 때문이다. 욕심이 과한 사람은 만족할 줄을 모르니 잡스럽고 어지러운 마음으로 심신이 온전할 리 없다.

우리 인생살이에서 가장 확실하게 알고 있는 사실 하나와 가장 불확실하게 모르는 사실 하나가 있다. 가장 확실하게 아는 것은 제아무리 발버둥을 칠지라도 언젠가 우리는 반드시 죽는다는 사실이고, 가장 불확실하게 모르는 것은 우리가 언제 어디서 어떻게 죽을지 모른다는 사실이다. 이처럼 죽음은 만인에게 평등하여 빈부귀천의 차이가 없고 남녀노소의 구분도 없다.

죽음은 어차피 자신의 힘으로 어찌 해볼 도리가 없는 하늘의 뜻이다. 그러므로 노인 의학도 오래 살자는 것보다 사는 날까지는 건강하게 살아야 한다는 데 그 초점을 맞추고 있다. 튼튼한 내 다리가 효자 열보다 더 낫다는 옛말도 건강한 삶을 강조하는 것이다. 그러니 건강은 건강할 때 지켜야 한다.

이주형

서울농대 졸업, 연세대학원 수료, 한국문협 회원, 한국예총 고양지부부회장, 수필집 「거북이 인생」, 「진·간·꼭」

종달새와 고양이

종달새 한 마리가 숲길을 따라 움직이는 작은 물체를 발견하고는 호기심으로 다가갔습니다. 그건 고양이가 끌고 가는 작은 수레였습니다. 그 수레에는 이렇게 씌어 있었습니다.

〈신선하고 맛있는 벌레 팝니다.〉

종달새는 호기심과 입맛이 당겨 고양이에게 물었습니다.

"벌레 한 마리에 얼마예요?"

고양이는 종달새 깃털 하나를 뽑아주면 맛있는 벌레 세 마리를 주겠다고 했습니다. 종달새는 망설임도 없이 그 자리에서 깃털을 하나 뽑아주고 벌레 세 마리를 받아 맛있게 먹었습니다.

종달새는 깃털 하나쯤 뽑았다고 해서 날아다니는 데는 아무런 지장도 없었습니다. 한참을 날다 또 벌레가 생각났습니다. 여기저기 돌아다니며 벌레를 잡을 필요도 없고 깃털 몇 개면 맛있는 벌레를 배부르게 먹을 수 있는 게 너무나 편하고 좋았습니다. 이번에는 깃털 두 개를 뽑아주고 벌레 여섯 마리를 받아먹었습니다. 이러기를 수십 차례.

그런데 어느 순간 하늘을 나는 게 버거워 잠시 풀밭에 앉아 쉬고 있는데, 아까 그 고양이가 갑자기 덮쳤습니다. 평소 같으면 도망치는 것은 일도 아니었지만 듬성듬성한 날개로는 재빨리 움직일 수가 없었습니다.

후회해도 때는 늦었습니다. 종달새는 벌레 몇 마리에 목숨을 잃었습니다. 상대를 무능하게 만드는 가장 쉬운 방법은 '공짜심리에 맛 들게 하는 것'

욕심에 눈이 멀면 함정에 빠지게 됩니다. 사람을 무능하게 만드는 가장 쉬운 방법은 '공짜심리에 맛 들게 하는 것'이라고 합니다. 땀을 흘려 얻은 대가가 진정 소중한 것입니다.

한번 속으면 속이는 사람이 나쁘고 두 번째 속으면 속는 사람이 나쁘고 세 번째 속으면 두 놈이 공범(共犯)이란 말이 있습니다. (좋은 동화라 추천했습니다)

명작의 숲을 거닐며(2)

행복한 왕자

삶의 아름다움을 위해서라도 사랑을 서로 나눌 수 있었으면!

- 오스카 와일드

조 신 권

(연세대 명예교수/총신대 초빙교수)

‖ 명문에로의 초대 ‖

그들은 행복한 왕자 황금 상(像)을 끌어내렸다.

대학교 예술 교수는 말했다.

"그는 더 이상 아름답지 않으므로 더 이상 쓸모가 없어"

그리고 그들은 용광로에 그 상을 녹였다. 그리고 시장은 그 금을 어떻게 해야 할지 결정하기 위해 자치제 모임을 열었다.

"우리는 물론 다른 상을 가져야 해." 하고 그들은 말하면서, "나는 내 동상을 세웠으면 해요." "내 것을…" 하고 시의원들이 각기 주장하자 그들의 시비는 회기 내내 계속되었다.

"정말 이상한 일이군!" 주조장 노동자 감독이 말했다.

"이 납으로 된 심장은 용광로에서 녹지 않아. 그건 버려야겠는 걸." 그러고 그들은 그것을 쓰레기 더미에 던졌다. 그곳엔 죽은 제비가 있었다. 하나님이 천사들에게 말했다.

"그 도시에서 가장 소중한 것 두 개를 가져오너라."

그 천사는 납으로 된 심장과 죽은 새를 가지고 왔다.

"너는 옳은 선택을 했다." 그러고 하나님이 말했다.

"나의 천국에서 이 작은 새가 영원히 노래를 할 것이고 황금 도시에서 그 행복한 왕자도 나를 찬양할 것이다."

위에 인용한 명문은 19세기 영국의 시인이자 소설가이며 희곡작가였던 오스카 와일드(Oscar Wilde, 1854-1900)의 감동적인 동화, 「행복한 왕자」(The Happy Prince)에 나오는 마지막 대목이다.

오스카 와일드의 생애와 작품

오스카 와일드는 1854년에 아일랜드의 수도 더블린에서 윌리엄 와일드와 제인 프란체스카 엘지이의 차남으로 태어났다. 부친 와일드 박사는 더블린 외과대학의 교수를 지낸 이비인후과의 유명한 전문 의사였으며, 모친은 '스페란자'라는 필명으로 시도 쓰고 본명으로 정치논문도 쓴 여류 명사였다. 그는 1871년부터 4년간 더블린의 트리니티

칼레지에 다녔는데, 헬라어 과목에서 버클레이 금패(金牌)를 받았다. 그 이후 1874년에 옥스퍼드의 모들린 칼리지에 장학생으로 입학했는데, 여기서 그는 4년간 우수한 학업성적을 냈을 뿐만 아니라 높은 교양도 쌓았다. 그는 플라톤이나 아리스토텔레스의 저작과 친숙했을 뿐만 아니라 스피노자, 괴테, 헤겔, 르낭, 매슈 이아놀드, 보들레르의 저작에도 통달하였다고 한다.

당시의 옥스퍼드에서는 소위 유미주의 운동이 싹트고 있었다. 와일드는 유미주의 운동의 실천자로 자처하였고, 1879년에 옥스퍼드를 졸업하기 전부터 그는 소문난 유미주의자였다. 그래서 그는 정신보다는 감각을, 내용보다는 형식을, 현실보다는 공상을 중시하였고, 미를 진과 선 위에 두었으며, 때로는 악에서까지 미를 발견하려 하였다. 그는 유미주의자로서 사교계의 인사들을 소위 재치 있는 좌담으로 매혹시키기까지 하였다고 한다. 문학적인 재능도 역시 뛰어나, 1881년에 첫 작품집인 「시집」을 펴낸 이후 많은 작품을 남겼다.

1884년 5월 29일에 와일드는 부유한 더블린의 왕실 변호사의 딸 콘스탄스 로이드와 결혼하였고 신혼 여행차 파리를 다녀온 후 첼시에 살림을 차렸다. 1885년에는 장남

시릴을, 1886년에는 차남 비비안을 낳았다. 와일드는 1886년부터 2년간 여성지의 편집장을 지내면서 대표적 단편 「아서 새빌 경의 범죄」와 「캔터베리관의 유령」을 썼다. 1888년에는 동화집 「행복한 왕자」, 1889년에는 논문 「허언의 쇠퇴」와 「W. H씨의 초상」을 썼다. 이 시기는 오스카 와일드가 처자를 거느린 가장으로서 직장을 지키고 창작에 열중한 가장 행복한 시기가 아니었던가 한다. 1890년에는 장편 「도리언 그레이의 초상」(The Picture of Dorian gray)이 「리핀코트 매거진」에 발표되었다. 1891년 11월에는 제2동화집 「석류의 집」이 출간되었다.

세기의 스캔들이라고 불리는 와일드와 더글러스와의 로맨스는 그에게 돈을 필요하게 만들었고, 그는 손쉽게 돈을 벌기 위해서 희곡을 써야만 했다. 그의 첫 극작품인 「윈더미어 경 부인의 부채」는 대성공이었다. 영국의 사교계를 그린 이 멜로드라마적인 풍속 희극은 위트와 유머가 가득 찬 작품이다. 「윈더미어 경 부인의 부채」로 극작가로서의 명성을 떨친 그는 단막 비극 「살로메」(Salome)를 불어로 쓰기 시작했다. 이 각본은 와일드와 친교를 맺은 프랑스의 세기말 문학자들에 의해서 불문의 첨삭을 받았다고 한다. 이어서 와일드는 1893년에 「하찮은 여자」,

1895년에는 「이상적 남편」과 「착실함이 중요」를 발표하였다.

「착실함이 중요」라는 작품은 희극이라기보다는 소극인데, 그의 희극 네 편중에서도 와일드의 희극 작가로서의 천성을 발견할 수 있다.

1895년 2월 18일 더글러스의 부친 퀸즈베리 후작은 와일드에게 '남을 자처하는 오스카 와일드에게'라는 쪽지를 보냈다. 이 쪽지를 보고 격노한 와일드는 퀸즈베리 후작을 고발하지만, 그의 고발은 패소했을 뿐만 아니라 도리어 그는 체포되어 제1회 재판에서는 보석, 제2회 재판에서는 유죄판결을 받아 징역 2년의 선고를 받았다. 그는 파산 선고를 받음과 동시에 처자까지 잃게 되었다. 감옥에서 나온 와일드는 수도원에 들어가기를 원했으나 거절당하고 프랑스로 떠날 수밖에 없었다. 1898년에 와일드는 「레딩 감옥의 노래」를 그의 죄수 번호 'C·3·3' 명으로 출판했는데, 이 시에서 와일드는 비애와 연민의 세계, 눈물과 고뇌와 죽음의 세계를 간소한 시형으로 노래하였다.

그 이후 프랑스와 이탈리아의 각지를 패잔병처럼 유랑하다가, 3년 후 1900년 11월 30일 어느 파리의 허름한 여인숙에서 객사하였다. 사망진단서에는 뇌막염으로 되어 있지만 진실은 알 수가 없다. 그는 말년에 기독교 정신을 담은 몇 작품을 썼는데, 그중의 하나가 「행복한 왕자」다.

행복한 왕자의 이야기 줄거리

어느 도시 한가운데 왕자의 동상이 하나 우뚝 서 있었다. 이 동상의 온 몸은 엷은 금으로 입혀 있었고, 두 눈동자는 사파이어(靑寶石), 그리고 허리에 찬 칼자루엔 커다란 루비(紅寶石)가 박혀 있어 빛나고 있었다. 보는 사람마다 모두 '행복한 왕자'라고 불렀다. 어느 늦가을 밤, 작은 제비 한 마리가 이 도시에 날아왔다. 뒤늦게 남쪽나라로 날아가던 중이었다. 제비는 높은 축대 위에 서있는 행복한 왕자의 두 발 사이에 내려앉아서 쉬고 있을 때 물방울이 뚝뚝 떨어지는 것이었다. 제비는 이상해서 그 동상을 쳐다보았는데, 행복한 왕자의 두 눈망울엔 눈물이 가득 고여 있었다.

"왕자님, 사람들은 모두 행복한 왕자님이라고 그러시는데 왜 눈물을 흘리셔요?"

"내가 궁전 안에 살았을 적에는 눈물이란 걸 통 몰랐는데, 내가 죽으니까 사람들은 나를 동상으로 만들어 거리 한복판에 세워 놓았단다. 그래서 나는 거리를 환히 굽어볼 수 있게 됐다. 거리에는 모두 불쌍한 일 뿐이야. 그래서 밤마다 내가 눈물을 흘리고 있단다."라고 왕자는 말하였다. 그리고 왕자는 저 멀리 보이는 한 가난한 집에서 어린 소년이 심한 병을 앓고 있으니, 칼자루에 박혀 있는 루비를 뽑아다가 그 집에 전해 달라고 부탁하였다. 제비는 갈 길이 바빴지만 왕자의 슬픈 얼굴을 보자 가엾게 생각되어 청을 거절할 수가 없었다. 제비는 루비 알을 물고, 거리의 지붕 위를 날아가서, 가난한 집에 다다랐다. 그리고 병간호하다가 꼬박 잠이 든 소년의 어머니 곁에 보석을 놓아주었다.

날이 새자, 제비는 시냇가에 가서 목욕을 하고 곧 떠나려다가 왕자가 궁금해서 작별인사 겸 찾아갔다. "아, 사랑하는 제비야 나를 위해 하루 밤만 더 여기서 묵고 가렴." 이번엔 변두리 거리에 있는 어느 다락방을 찾아가라고 왕자는 부탁하였다. 그 다락방에 젊은 예술가 한 사람이 살고 있는데, 돈이 없어 며칠째 굶고 있으니, 눈동자에 박혀 있는 사파이어 한 알을 갖다 줘달라는 것이었다.

그래서 제비는 이번엔 왕자의 사파이어 눈알을 뽑아가지고 가난한 예술가에게 갖다 주었다. 하루 밤이 또 지났다. 이제는 정말 이곳을 떠나야겠다고 생각하고 작별인사를 하러 왕자에게 왔다. "사랑하는 제비야, 하루 밤만 더 여기에 있어 줄 수 없겠니?" 왕자는 성냥을 못 팔아 야단맞을까 봐 울고 있는 성냥팔이 소녀에게, 남아 있는 눈 하나를 마저 빼어 전해줄 것을 간곡히 부탁하였다. 그래서 제비는 왕자의 남은 한쪽 사파이어 눈을 빼어 입에 물고 날아가서 성냥팔이 소녀의 손바닥에 떨어뜨렸다.

그 다음 날도 제비는 떠나지 못했다. 거리의 가난한 사람들을 보니까 차마 그냥 버려두고 떠날 수가 없었다. 이번엔 왕자의 온몸에 입혀 있는 금을 조금씩 벗겨내어 가난한 사람에게 나눠주었다. 그렇게 하느라고 여러 날이 지났다. 어느덧, 제비는 얼마 안 있으면 얼어 죽게 될 것을 깨달았다. "왕자님, 안녕히 계세요." "이제야 떠나는구나. 잘가거라." "왕자님, 남쪽나라로 가는 것이 아니에요. 이제 곧 죽는 거예요. 죽는다는 건 마치 잠자는 것 같아요."

제비는 왕자의 볼에 키스를 하고 그 밑에 떨어져 죽고 말았다. 그때, 왕자의 몸속에서도 무엇인가 깨어지는 소리가 났다. 그것은 납으로 만들어진 왕자의 심장이 두 조각으로 깨지는 소리였다. 하나님께서는 천사를 시켜 왕자의 깨어진 납 심장과 죽은 제비를 하늘나라로 가져오도록 하였다. "저 제비를 하늘나라 뜰에서 언제까지나 노래를 부르게 하고, 행복한 왕자는 하늘나라 거리에서 언제까지나 나를 찬송하도록 하자." 하나님은 이렇게 말씀하셨다.

이 작품은 희생적인 사랑이 우리들의 삶을 아름답게 할뿐 아니라 푸근하게 만들어 살맛나게 해준다는 것을 시사해준다. 행복한 왕자는 자기의 값진 것을 모두 가난한 사람에게 나눠주었고, 한 마리의 어린 제비는 남국으로 날아가는 시일을 놓치면서까지 가난한 사람을 돕는 일을 실현하였다. 이 작품에서 희생과 사랑을 보여준 것은 오히려 어린 제비였다.

세상 사람들은 이 이치를 깨닫지 못하지만, 하나님은 가장 귀중한 것으로 제비의 영혼과 왕자 동상의 납 심장을 받아들인 것이다. 어린 제비는 신자의 상징이라고 생각한다. 신자의 아름다움은 곧 희생적인 사랑을 베푸는데 있다. 사랑과 희생은 청춘처럼 아름다운 것인데, 그것은 하늘나라에서 영원히 빛나게 된다.

서로 사랑을 나눈 제비와 행복한 왕자

셰익스피어 다음으로 많이 읽히는 작가가 오스카 와일드다. 그에게는 시릴과 비비안이라는 두 아들이 있었다. 그는 자신의 두 아들을 비롯한 '아이들'을 위해 1887년에는 5편, 1888년에는 4편, 모두 합쳐서 총 아홉 편의 동화를 썼다. 아들들에게 늘 자신이 만든 동화나 이야기를 들려주곤 하던 오스카 와일드는 어느 날, 시릴에게 「욕심 많은 거인」을 들려주면서 눈물을 흘렸다고 한다. 놀란 시릴이 오스카 와일드에게 왜 우느냐고 묻자 그는 그 질문에 걸작 같은 대답을 하였다고 한다.

"정말 아름다운 것들을 생각하면 언제나 눈물이 난단다."

그의 말처럼 오스카 와일드의 동화는 읽고 있으면 너무 아름다워서, 정말 눈물이 난다. '슬픔'을 기본 정서로 하고 있지만, 그의 작품이 가지고 있는 슬픔의 분위기는 일반적인 동화의 분위기와는 많이 다른 것이 사실이다. 대부분의 동화들이 착한 사람이 복을 받고 행복하게 산다는 해피엔딩의 결말을 취하고 있는데 반해, 그의 동화는 그렇지 않기도 하고 누군가의 죽음으로 끝나기도 한다. 결국 행복한 왕자는 천국에 가게 되는 결말이었지만, 마음이 저릿할 정도로 슬픈 이야기로 기억되는 점을 보아도 그렇다.

「행복한 왕자」는 간결하고 압축된 문체로 인간의 세태를 날카로우면서도 역설적으로 풍자하고 있는 이야기다. 죽기 전, '행복한 왕자'라고 불리던 왕자가 행복의 진정한 의미를 알지 못하다가, 자신의 동상에 붙어 있던 보석을 가난한 사람들에게 나눠준 뒤에야 진정으로 행복을 느끼게 된다는 내용이 독자들에게 많은 감동을 준다.

독특한 역설로 인간의 메마른 마음에 애수와 연민의 아름다운 샘이 솟아나게 하는 것이 오스카 와일드의 동화다. 무엇보다 오스카 와일드의 동화는 그의 반사회적인 말과 행동과는 어울리지 않게 도덕적인 내용이 강조되고 있다. 그것은 그의 동화가 자신의 두 아들을 위해 썼기 때문이기도 하고, 또한 그가 처해 있던 1880년대 후반 빈민가의 참상을 깊이 돌이켜 보고 반성하는 데서 연유된 것이기도 하기 때문이다. '동화'는 '어린이를 위해 쓰여진 것이 아니라 아이의 마음을 가진 사람들이 읽도록 쓰여진 것'이라고 한 그의 말처럼, 그의 동화는 어린이가 대상이 아니라, 글을 읽고 가슴으로 느낄 수 있는 모든 이들을 대상으로 쓰여지는 것이라 할 수 있다.

그의 동화는 현재를 살아가는 우리에게 현실을 돌아볼 계기를 제공해 준다. 「행복한 왕자」에서 왕자의 동상을 끌어내리며, 서로 자신의 동상을 세우자고 주장하는 사람들이 나오는 부분이 사회주의자였던 그의 사상을 반영하는 것이라고 이야기하는 사람들도 있지만, 그것보다는 현재의 우리가 그렇게 살고 있는 처지이기도 하다는 생각거리를 제공해주는 면이 더 크다. 오스카 와일드의 이 작품은 장르는 동화지만, 꼭 동화 같지 않은 내용 구성으로 현실의 우리에게 많은 의미를 준다. 착한 사람이 벌을 받거나, 꼭 행복하지 않은 수도 있다는 결론이 바로 그런 예가 된다. 하지만 아무리 결론이 그렇다고 하여도 그의 동화를 읽고 '그럼 난 이기적으로 살아야지'라고 생각하는 사람은 아무도 없다. 그의 이야기는 비극적일 수밖에 없는 현실에 마음 아파하며, 더 이상 그런 일이 내 주위에서 일어나지 않도록 해야겠다는 생각을 불러일으키는 글이기 때문이다. 우리의 현실은 황무지와 같이 삭막하다. 사랑과 희생의 샘이 말라 바닥을 드러내고 있다. 삶의 아름다움을 위해서라도 우리 서로 사랑을 나눌 수 있었으면 좋겠다.

조신권

「새시대문학」 평론 등단. 저서 『존 밀턴의 문학과 사상』 외 다수. 미국 예일대학교 객원교수, 연세대학교 영어영문학과 명예교수, 총신대학교 초빙교수, 한국밀턴학회 회장 역임

홀로코스트(5)

"5열로 정돈!"

소동이 일었다. 무슨 일이 있어도 아버지와 함께 있어
야만 했다.

"이봐, 너 몇 살이야?"

수용소의 재소자 한 사람이 이렇게 물었다. 엘리위젤은
그의 얼굴을 볼 수가 없었다. 그러나 그의 목소리는 긴장
되고 지쳐 있었다.

"아직 열다섯 살이 못 되었어요."

"아니야, 열여덟 살이겠지?"

"아닙니다, 열다섯 살이에요."

"바보 같으니라구. 내 말대로 해."

그 사람, 이번에는 아버지에게 나이를 물었다. 아버지
가 대답했다.

"쉰입니다."

그 사람의 목소리가 아까보다 날카로워졌다.

"아니야, 쉰이 아니고 마흔이야. 내 말 알아듣겠어? 열

여덟과 마흔이라구!"

그는 밤의 그림자 속으로 사라졌다. 그러자 두 번째 사나이가 다가와 우리에게 악담을 퍼부었다.

"여기엔 뭣 하러 왔어? 이 개새끼들아! 예서 뭘 하려고 왔는가 말야, 엉?"

그러자 무리 중에 누군가가 용감하게 대꾸를 했다.

"당신은 어떻게 생각하시오? 우리가 좋아서 여기에 온 걸로 생각하시오? 우리가 자진해서 온 줄로 아시오?"

그가 조금만 말을 더 했더라면 그 악담자는 그를 죽였을 것이다.

"주둥아리 닥쳐, 이 더러운 돼지야! 그렇지 않음 당장 짓뭉개 줄 테다! 네 놈은 여기에 오기보다 네가 살던 곳에서 스스로 목매달아 죽는 편이 나았다구. 이 아우슈비츠에 너를 위해 무엇을 준비해 두었는지 알기나 하는 거야? 1944년의 소식도 못 들었나?"

그렇다. 모두는 아무 소문도 못 들었다. 악담자는 자기의 귀가 의심스러운 모양이었다. 그의 말투는 점점 거칠어지고 있었다.

화장장 불구덩이 앞에서

"저 너머 저기 굴뚝이 보이지? 보이겠지! 그리고 불꽃도 보이지? 저 너머, 저기가 너희들을 데리고 갈 곳이야. 저 너머, 거기는 너희들의 무덤이라구. 그걸 아직도 몰랐나? 이 바보 같은 놈들아. 그래 아무것도 몰랐단 말이야? 너희들은 화장되는 거야. 지글지글 튀겨져서, 나중에는 재가 되어 날아간단 말이다!"

모두가 그것을 보았다. 악담자의 분노는 발작적으로 변하고 있었다. 모두는 꼼짝하지 않은 채 돌처럼 굳어졌다.

"이게 악몽이 아닐까? 상상할 수도 없는 악몽 아닌가 말이다."

주위에서 나직이 중얼거리는 소리가 들렸다.

"모두는 뭔가 해야 해. 우리 자신을 죽어 가도록 내버려 둘 수는 없어! 짐승처럼 학살을 당할 수야 없지. 반란을 일으켜야 해!"

그들 가운데 건장한 체격의 젊은이가 몇 사람 있었다. 그들은 칼을 지니고 있었다. 그들은 무장한 감시병들에게 운명을 맡기고 행동을 취하자고 선동했다.

한 젊은이가 외쳤다.

"아우슈비츠의 존재를 세상에 알립시다! 아직 도망칠 수 있는 시간이 남은 모든 사람들에게 이 사실을 알려야 합니다."

가스실 화장터

그러나 나이 든 사람들은 자기 자식들에게 어리석은 행동은 하지 말라고 간곡히 타일렀다.

"너는 목에 칼이 들어와도 절대로 신앙을 잃어서는 안된다. 그것이 우리 현인들의 가르침이기 때문이야……."

반란의 바람은 슬그머니 가라앉았고 광장을 향한 행진은 계속되었다. 광장의 중앙에는 그 악명 높은 멩겔레 박사가 서 있었다(그는 전형적인 친위대 장교로, 잔혹한 얼굴에 비지성적인 인상을 주었으며 외알 안경을 걸치고 있었다). 그는 지휘봉을 들고 다른 장교들의 사이에 서 있었다. 그는 지휘봉을 오른쪽 왼쪽으로 쉴 새 없이 흔들어댔다.

엘리위젤은 이미 그의 앞에 와 있었다.

"넌 몇 살이지?"

그는 마치 아버지 같은 어조로 물었다.

"열여덟 살입니다."

엘리위젤의 목소리는 떨리고 있었다.

"건강한가?"

"예."

"직업은?"

학생이었다고 말해야 할까 하다가 대답했다.

"농부입니다."

엘리위젤은 자기 귀로 자기 대답을 들을 수 있었다. 그 대화는 몇 초도 걸리지 않았다. 그러나 그 순간이 영겁처럼 느껴졌다. 그의 지휘봉이 왼쪽으로 움직였다. 엘리위젤은 반 발자국 앞으로 나섰다. 우선 그들이 아버지를 어느 쪽으로 보내는지, 그것을 보기 위해서였다. 만일 아버지가 오른쪽으로 간다면 아버지를 따라 그쪽으로 갈 작정이었다.

지휘봉은 아버지에게도 역시 왼쪽으로 가라는 지시를 내렸다. 그 순간 엘리위젤의 가슴을 짓누르던 중압감이 씻은 듯이 사라졌다. 왼쪽과 오른쪽 중, 어느 쪽이 더 좋은지도 모르고 있었다. 어느 쪽이 감옥으로 가는 길이고 어느 쪽이 화장장으로 가는 길인지 모르지만 그 순간은 행복감을 느꼈다. 아버지 곁에 있다는 사실 때문이었다. 행렬은 계속해서 천천히 앞으로 나아갔다. 재소자 한 사람이 다가와 말을 걸었다.

"만족해?"

"그렇소."

누군가가 대답했다.

"불쌍한 놈들, 너희들은 지금 화장장으로 가고 있는 거야."

그는 진실을 말하는 것 같았다. 앞의 멀지 않은 배수구 같은 곳에서 거대한 불꽃이 치솟고 있기 때문이었다. 그들은 무엇인가를 태우고 있었다.

화물 트럭 한 대가 그 구덩이 쪽으로 다가가더니 신고 온 어린이들을 내려놓았다. 갓난아이들이었다. 두 눈에 똑똑히 보였다.

아무것도 모르는 아기들은 눈 깜짝할 새에 불길에 휩싸여 지글지글 타며 불꽃이 되어 연기로 사라졌다. 그 장면을 본 뒤로 모두는 잠을 이룰 수가 없었다. 잠이 눈에서 도망가 버리고 말았다. 엘리위젤이 가고 있는 곳은 바로 그곳이었다. 거기에서 조금 더 간 곳에 성인용 큰 구덩이가 있었다. 엘리위젤은 얼굴을 꼬집어보았다.

'아직 살아 있는 것일까?'

도저히 믿을 수가 없었다. 어떻게 그렇게 어린이를 불태워 죽일 수 있단 말인가? 어떻게 세상이 그런 사실 앞에서 침묵할 수 있단 말인가? 아니다, 이 같은 일은 어느 것도 사실일 수가 없다. 그것은 하나의 악몽이리라……

'이건 꿈이다. 나는 놀란 가슴을 두근거리며 악몽에서 깨어나, 내가 침대에서 읽던 책 속에 파묻혀 있는 나를 발견하게 될 것이다……'

이 순간 아버지의 목소리가 그의 꿈을 깨뜨렸다.

"이건 치욕이야! 네가 네 어미와 함께 가지 못한 건 여간한 치욕이 아니구나. 나는 네 또래의 아이들이 여러 명 제 어미들을 따라 함께 가는 걸 보았다."

아버지의 음성은 슬픔에 떨고 있었다. 엘리위젤은 아버지가 저들이 하려는 끔찍한 짓을 차마 보고 싶지 않다는 것을 알아차렸다. 자기의 외아들이 불에 타 죽는 광경을 보고 싶지 않았던 것이다.

엘리위젤의 이마는 식은땀으로 젖어 있었다. 그러나 저들이 자기 같은 나이의 소년들을 불태워 죽이리라고는 믿지 않으려 애썼다.

"아무리 그래도 인간성이 그런 야만성을 보이지는 않을 거예요."

"인간성? 인간성은 우리와 아무 상관이 없다. 여기서는 무엇이든 허용되니까. 무슨 일이든지 가능하다. 저런 끔찍한 화장까지도……."

아버지는 목이 메어 있었다.

"아버지, 만일 그렇다면 저는 이렇게 기다리고 싶지 않아요. 저기 저 전기철조망으로 뛰어들고 말겠어요. 불길 속에서 천천히 타죽는 것보다 나을 테니까요."

아버지는 대꾸를 하지 않았다. 그는 울고 있었다. 그의 몸은 경련을 일으키듯 떨고 있었다. 주위의 모든 사람들이 울고 있었다. 누군가가 사자(死者)를 위한 기도인 '카디쉬(Kaddish)'를 암송하기 시작했다.

유대민족의 긴 역사를 통해 사람들이 자기 자신을 위해 사자를 위한 기도를 암송했던 일이 전에도 과연 있었는지 없었는지에 대해서 알 길이 없다.

"Yitgadal veyitkadach shmé rada…….
하나님의 이름이 복되고 찬미 받으소서……."

아버지가 이렇게 암송했다. 그 순간, 엘리위젤은 처음

으로, 내부에서 반항심이 일어나는 것을 느꼈다.

'왜 내가 하나님의 이름을 찬미해야 한단 말인가? 지금 우주의 영원한 주인이며 전능하고 두려운 하나님은 침묵만을 지키고 있다. 그런데, 내가 무엇 때문에 그에게 감사를 드린단 말인가?'

행진은 계속되었다. 모두는 지옥의 열기를 뿜어내고 있는 구덩이로 한 발 한 발 다가가고 있었다. 마침내 이십보 정도가 남아 있었다. 엘리위젤은 스스로 죽음을 택한다면 바로 이순간이라는 생각이 들었다. 구덩이로부터 겨우 15보 앞에 와 있었다. 엘리위젤은 아버지가 자기 이빨이 맞부딪치는 소리를 들을까봐 입술을 깨물었다. 앞으로 10보, 8보, 7보, 마치 자신의 장례식에서 영구를 따르듯 천천히 행진해 나아갔다. 4보. 3보! 구덩이와 불길이 바로 눈앞에 있었다. 엘리위젤은 몸에 남아 있는 힘을 모두 모았다. 행렬에서 뛰쳐나가 전기철조망에 스스로 몸을 던지기 위해서였다. 엘리위젤은 마음속으로 아버지와 전 우주의 만물에게 작별을 고했다. 입에서는 자신도 모르는 사이에, 기도문이 스스로 속삭이듯 흘러 나왔다.

Yitadal veyirkadach shmé raba⋯⋯.

하나님의 이름이 복되고 찬미 받으소서⋯⋯.

그의 가슴은 터질 것만 같았다. 최후의 순간이 왔다. 그는 '죽음의 사자'와 정면으로 마주보고 있었다. 그러나 그가 구덩이로부터 두 걸음 거리에 이르렀을 때,

"왼쪽으로 돌아가!"

하는 명령이 떨어졌다. 그리하여 엘리위젤은 아버지와 막사로 들어가게 되었다. 엘리위젤은 아버지 손을 꼭 붙잡았다. 아버지가 말했다.

불에 탄 어린이가 똘똘 말린 연기로

"넌 열차에서 만났던 마담 쉐크터를 기억하고 있겠지?"

결코 그 날 밤은, 수용소에서의 첫날밤을 잊을 수 없었다. 인생을 하나의 길고 긴 밤으로 바꾸어, 일곱 번 저주받고 일곱 번 봉인(封印)되게 한 그 날 밤을.

그 고요하고 푸른 하늘 아래 똘똘 말린 연기의 소용돌이로 변해 흘러간 어린이들의 작은 얼굴과 몸을 잊을 수 없었다. 신앙을 영원히 소멸시켜 버린 그 불길을 잊을 수 없을 것이다. 결코 살고 싶은 욕망을 영원히 앗아가 버린 그 날 밤의 침묵을 잊을 수 없을 것이다.

엘리위젤은 영혼을 살해하고 꿈을 먼지로 만들어버린 그 순간들을 잊을 수가 없었다. 설사 하나님만큼 오래오래 살게 된다 하더라도 잊을 수 없는 충격이고 아픔이었다.

그들이 수용된 막사는 아주 길었다. 지붕에는 푸른 빛

깔의 채광창이 군데군데 나 있었다. 아마 틀림없이 지옥의 대기실이 그렇게 생겼을 것이다. 그 많은 미친 사람들, 그 많은 울부짖음, 그 잔인한 야만적인 만행!

유대인을 인수한 재소자들은 곤봉을 들고 아무 이유도 없이 때와 장소를 가리지 않고 아무나 마구 두들겨 팼다. 그들은 이렇게 명령했다.

"벗어! 빨리! 홀랑 벗어! 허리띠와 신발만 손에 들고……."

모두 옷을 홀홀 벗어 막사의 한쪽 끝에 던져야만 했다. 순식간에 거기에는 새 옷과 헌옷, 찢어진 코트와 누더기들로 커다란 옷더미가 생겼다.

마침내 모두는 벌거숭이가 되어 진실로 차별 없는 평등한 인간이 된 채 추위에 떨었다. 친위대 장교들이 힘이 센 사람들을 골라내기 위해 막사 안을 돌아다니고 있었다. 그들이 힘센 사람을 찾고 있다면, 애써 힘이 센 체하는 것이 좋을까? 그러나 아버지의 생각은 정반대였다. 그들의 주의를 끌지 않는 것이 좋다고 했다.

(이 **홀로코스트**는 전국 서점에서 판매하고 있습니다.)

환란의 터널 저편(2)

이용덕

"아아 잊으랴, 어찌 우리 이 날을, 조국을 원수들이 짓밟아 오던 날을! 맨 주먹 붉은 피로 원수를 막아내어 발을 굴러 땅을 치며 의분에 떤 날을! 이제야 갚으리 그날의 원수를, 쫓기는 적의 무리 쫓고 또 쫓아 원수의 하나까지 쳐서 무찔러 이제야 빛내리 이 나라 이 겨레!"

할 수 없이 나는 다음날 누나와 고아원 담장 철조망 밑으로 빠져나와 도망을 쳤다. 그래서 누나는 고모한테 심하게 꾸중을 들었다. 왜 도망 나왔느냐고.

그 며칠 후 고모는 나한테 누나를 개성 친척 할머니 댁에 보내고 오라고 했다. 나는 고모의 구박이 심해서 누나한테 개성으로 가자고 하였다. 1년 전에 배를 타고 다녀온 기억이 있어서 길을 알 수 있었다. 어머니, 아버지가 없는 집에서 고모 곁을 벗어나고 싶었던 거였다.

우리는 신촌역에서 철길 받침목을 밟으며 개성을 향해

걸었다. 가다가 날이 어두워졌다. 어느 역인지 기억이 없지만 역전 창고로 몰래 들어가 밤을 보냈다. 밤이 깊어지고 공기가 쌀쌀해져 굴뚝을 껴안고 잤다. 집에서 떠날 때 고모가 볶아준 콩을 꺼내 먹으며 끼니를 해결했다.

그렇게 걸어 개성 가까이에 이르렀을 때 철길 다리를 만났다. 철길 아래를 내려다보니 현기증이 날 정도로 아찔하게 깊었다. 한 발짝도 발을 내디딜 수가 없었다. 나는 기다시피 엎드려 누나 손에 잡힌 채 한 발 두 발 걸어 반쯤 건넜을 때 뒤쪽 산모퉁이에서 기적 소리가 들려왔다.

누나는 당황하며 얼굴이 파랗게 질렸다. 여기까지도 간신히 왔는데 되돌아갈 수도 없고 앞으로 갈 수도 없는 진퇴양난이었다. 순간 누나가 결심한 듯 다급하게 소리쳤다.

"앞으로 뛰자!"

누나는 소리를 치며 나를 끌고 건너편을 향해 힘차게 뛰었다. 기차 소리가 다가오고 있어 정신이 없는 나는 다리 위를 겁도 없이 달렸다. 한참을 달려 다리 건너 철둑길 옆으로 피하며 누나가 나를 확 당겨 덥석 안았다.

그 순간 기차가 옆으로 휘익 하고 바람을 일으키며 지나갔다. 곳간도 없는 작은 기차였다. 작업하러 가는 사람들이 그 위에서 삽을 휘두르며 우리를 향해 야단을 쳤다. 철길 옆으로 피하지 못했다면 아마 우리는 이 세상 사람이 아니었을 것이다.

처음 철다리의 침목을 밟지 못하고 벌벌 떨던 내가 그렇게 뛰어도 빠지지 않고 달릴 수 있었다는 게 기적이었다.

다리를 건너 신작로를 한참을 가니 또 넓은 강이 가로막았다. 해가 넘어가고 어두워지고 있었다. 우리는 강 밑 갯벌에서 강 건너 희미하게 보이는 개성을 망연히 바라보았다. 절망감에 빠졌던 누나가 갑자기 화를 버럭 냈다.

"이제 어떡할 거야? 조금 있으면 물이 더 들어와서 건너기 어렵단 말이야. 왜 이리로 오자고 했어?"

말로만 하는 게 아니라 내 등을 두 번이나 두들겼다. 그때였다. 저만큼에 배 한 척이 그림처럼 지나고 있었다. 우리가 소리를 질렀다.

"아저씨! 아저씨~"

우리가 외치는 소리를 들었는지 배가 우리를 향하여 저어왔다. 우리는 얼싸안고 좋아서 소리쳤다.

"아저씨, 우리 좀 건네주세요!"

배에서 물었다.

"너희들 저녁 늦게 강을 건너가려느냐?"

"건네주시면 베 다섯 마 드릴게요."

베는 집에서 떠나올 때 뱃삯으로 쓰라고 고모가 주신 것이다. 그렇게 하여 강을 건너고 개성에 도착하여 바로

강가에 혼자 사시는 할머니 집을 찾았다. 할머니가 반겨
주시며 놀라셨다.

"어린것들이 어떻게 왔니?"

그러시면서 보리밥 한상을 차려 주셨다. 나는 지친 상
태에서 밥을 어떻게 먹었는지 모르고 바로 쓰러져 잠이
들었다. 이튿날 늦게 눈을 떠보니 누나가 보이지 않았다.
그래도 나는 바보처럼 누나를 찾지 않았다.

할머니 집에서는 즐거웠다. 날마다 앞 강가에 나가 놀
며 새우와 참게를 잡기도 하였다. 가끔 소나무껍질이 떠내
려 오는 걸 주워 배를 만들어 돛대도 세우고 물에 띄우기
도 하였다.

그렇게 며칠을 보낸 뒤 할머니가 나를 뒷동네 자식이
없는 어느 집에 양자로 보내셨다. 나는 그래도 좋았다. 양
부모님은 절구에다 참깨를 빻아 주먹밥을 해주시기도 하
며 잘해 주셨다. 나는 밭에서 뛰어놀며 파랗게 보이는 커
다란 무도 뽑아 먹으며 행복을 누렸다. 양부모님은 어느
날 나한테 물었다.

"용덕아, 너 이담에 크면 어떻게 할래?"

나는 조금도 주저하지 않고 대답했다.

"나는요, 이다음에 서울에 가서 누나한테 갈 거예요."

"정말, 누나한테 갈 거야?"

"예! 서울에 누나 있어요!"

양부모는 양자 포기를 하셨는지 한참 동안 침묵하셨다.

그리고 며칠 후 10리쯤 떨어진 곳에 친척이 많이 사는 마을로 나를 데리고 갔다. 마을사람 모두가 'ㅂ'씨 성씨였다. 친척들이 모두 나를 보면서 한마디씩 했다.

"그 애로구나! 많이 컸네!"

그러면서도 어느 누구도 나를 맡아주려 하지 않았다. 그때야 갑자기 잊고 살던 아버지, 엄마, 누나가 보고 싶어졌다. 나는 울면서 오던 길을 되돌아 서울 쪽을 향하여 무작정 뛰기 시작하였다.

"아빠! 누나!"

이렇게 부르면서 가족들을 떠올렸다. 눈물에 가려 넘어지고 엎어지기를 거듭하다 너무 서러워 주저앉아 땅을 치며 엉엉 울기도 하였다.

친척이 모여 사는 동네, 친척집 이 집 저 집을 차례로 돌며 날을 보냈다. 가는 집마다 아이들이 놀리고 차별을 했다.

"야, 서울 놈!"

"어이, 서울떼기!"

또 어른들은 이런 말도 했다.

"먹을 쌀이 없으니 동냥해 오면 우리 집에서 밥 먹여

줄게!"

나는 그 말을 듣고 개성 시내에서 조금 떨어진 동네 집을 돌아다니며 동냥을 했다. 어른이 이렇게 가르쳤다. 쌀 동냥을 할 때,

"미안하지만 쌀 좀 조금만 보태 주세요라고 해라."

그렇게 가르치며 쌀자루를 쥐어 주었다. 멀리 있는 동네로 동냥을 갔는데 거기서도 나를 기억하는 사람들이 있었다.

친척들은 서로 나를 안 받아주려고 기피했다. 그런데 가장 작은 오막 집에 사는 넙지기 할머니는 달랐다. 나를 불쌍히 여기며 밤에 잘 때는 발을 따뜻하게 해야 한다면서 이불로 발을 감싸 주기도 하셨다.

이런저런 일을 겪으며 며칠을 보낸 후 나는 모든 게 너무 원망스럽고 서러워 아침 일찍이 동네가 바라보이는 언덕 위에 올라서서 온 동네가 다 들릴 정도로 방방 뛰며 큰 소리로 울어댔다.

그리고는 친척 마을을 떠나기로 결심하고 넙지기 할머니한테,

"할머니! 나 갈래요."

하고 큰 소리로 여러 번 외치고 길을 떠나왔다. 나는 무작정 개성 시내를 돌아다니며 비행기 폭격, 지뢰밭 등에

서 죽을 고비도 몇 번씩 겪었었다.

어느 날 저녁때였다. 언덕 위 어느 집을 지나 밥 한 끼를 신세지려 하는데 나와 여러 번 이야기를 나누더니,

"애야, 네 이름이 뭐냐?"

"네! 저는 'ㅂ'용덕이에요!"

그러자 그분이,

"그놈, 참 똑똑하구나! 너 우리 집에서 나하고 살지 않을래?"

하시면서

"우리 아들 하자."고 하셨다.

"우리 집엔 아이가 없어!"

그렇게 하여 나는 그 집 양자가 되기로 하였다. 성과 이름 모두 바꾸기로 하여 '양재복'으로 부르기로 하였다. 이 집에서도 밤이면 방공호에서 자기도 했다. 낮에는 폭격이 자주 있어 인민군은 눈 덮인 밭두렁, 논두렁에서 전투기가 나타나면 여자의 하얀 행주치마를 뒤집어쓰고 엎드려서 몸을 숨겼다.

어느 날 언덕 위 무덤 밑에 굴을 파고 만든 방공호에서 나는 날씨가 차가워 숯불 화로를 가지고 들어가 자다가 가스에 질식했었다. 양부모는 그런 나를 방공호에서 끌어내어 맑은 공기와 동치미 국물을 먹여 간신히 정신이 돌아

오게 해 주셨다. 조금만 늦었어도 아마 저 세상 사람이 되었을지 모른다.

그러던 중 1.4후퇴 때 남쪽으로 피란하게 되어 양부모와 함께 서울로 돌아왔다. 군용 배로 임진강을 건너 트럭으로 폐허된 서울 시내로 들어왔다. 전차가 보였다. 그 순간 나는 너무나 반가워 소리쳤다.

"야, 전차다! 전차야, 반갑다!"

그러면서 앞에 있는 돌을 들어 멀리 전차가 보이는 곳을 향하여 힘차게 던져 보았다. 마음속으로는 '이제 누나를 만날 수 있겠지!' 하고 희망에 부풀어 군인 트럭으로 달려가 몸을 실었다.

우리 피란민들은 서울역을 지나 노량진 다리를 건너 영등포까지 내려오게 되었다. 영등포에 들어서니 미군 부대도 많고 양색시도 눈에 띄었다.

'서울에 왔으니 누나를 만나리라!'

누나를 찾아 영등포 일대를 돌아다니다가 실망한 나는 다시 서울로 올라가 찾으려고 꽁꽁 언 한강 얼음 위로 건너가려 했다. 그러나 당국에서 한강을 가로막고 민간인이 건널 수 없게 통제하는 바람에 한강을 건너지 못하고 기회만 엿보고 있었다.

6.25전쟁은 우선 그 발발 성격부터 규명해야만 한다.

그것은 어디까지나 북한의 불법남침으로 중국과 소련의 지시와 공동모의 하에 이루어진 국제전이었다. 또 공산주의를 세계적으로 확산시키려는 전략하에 치밀하게 준비된 제국주의 전쟁이었다.

한민족의 유구한 역사를 통해 겪었던 전란 중 가장 처참하고 엄청난 피해를 주었던 비극적인 전쟁이 바로 6.25전쟁이다. 70년 전 그 날, 이 땅위에서는 한민족 5천 년 역사 이래 가장 많은 국가인 16개국 참전에 약 200만 명의 군인이 한국전쟁을 위해 싸웠다.

그 결과 인명피해를 비롯해 재산피해가 실로 막대하였다. 한국군 65만 명에 유엔군 16만 명, 그리고 북한군 93만 명에 중공군 100만 명이 죽거나 부상 등의 피해를 입었다. 그뿐만 아니라 민간인 피해 250만 명에 이재민 370만 명, 전쟁미망인이 30만 명, 전쟁고아 10만 명, 이산가족 1,000만 명 등, 당시 남북한 인구 3천만 명의 절반을 넘는 1,800만여 명이 피해를 입었다.

이러한 천문학적인 숫자는 미국이 5년간 치른 남북전쟁에서도 인구 3%에 해당하는 100여만 명이었고, 제2차 대전 시 최대 피해를 입었던 유럽도 인구의 10%인 3,000만 명이 손실을 입은 데 비해 너무도 엄청난 피해였다.

또한 물적 피해도 전국토가 초토화되는 과정에서 인명

피해 못지않게 컸다. 그리고 적이 후퇴하면서 많은 양민을 반동이라는 이름으로 무참히 죽이기도 하였다. 당시 양민을 학살한 수의 통계는 12만 2,799명으로(1952년 기준 : 내무부) 휴전이 1953년 7월 27일에 협정되었으니 실제로는 이 숫자보다 훨씬 더 많았을 것이다. 이처럼 죄 없는 수많은 양민을 학살했는데도 왜 모두 묵살해 버리고 미군의 발자취만 규탄하려 했는지 규명은 공정해야만 할 줄로 안다.

어쨌거나 지금 전쟁은 휴전상태다. 그러나 아직은 절대 끝난 것도 아니다. 나는 뜻밖의 고아신세로 개성에서 양부모와 함께 영등포로 와서 정착하였다. 그래선지 나는 계속 마음을 못 잡고 틈만 있으면 자주 밖으로 나돌기만 하였다. 왜냐, 누나를 찾을까 해서였다. 거의 날마다 내가 집을 나가 여의도까지 맴돌다 지쳐 돌아오는 나를 보고 하루는 양어머니가 물었다.

"넌 도대체 날마다 어디를 그렇게 나돌다 오는 거냐?"

"예, 죄송합니다! 누나 좀 찾아보고 싶어서 그래요!"

그날 밤이다. 잠자리에 들었을 때 양부모는 내 발치에서 내가 잠든 줄로 알고 속삭였다.

"여보, 저 재복이 길러도 소용이 없을 것 같아요. 누나 찾으면 나갈 아이 같은데 길러야 소용이 없잖아요? 아예 누나한테 찾아가라 합시다!"

양부모님도 생활이 어려운 것 같았다. 다음날 나는 조용히 그 집을 나왔다. 그러나 한강을 건너지 못했다. 갈 곳이 없어 영등포시장을 떠돌다 시장 쌀 창고에 숨어 자곤 했다. 자고 나면 자주 동상에 걸려 얼어 죽은 사람들 시체를 보았다. 양색시가 낳은 아기를 그냥 버리는 장면도 보았다. 나도 저녁이면 잘 데가 없어서 처마 밑에 앉아 징징거렸다. 하루는 잘 데가 없어서 쌀가마니를 얻어 쭈그리고 잠을 청하는데 왠지 포근하고 따뜻한 솜이불을 덮고 자는 것 같았다.

그런데 환하게 밝은 느낌이 들 때 차가운 것이 얼굴에 와 닿았다. 눈을 떠보니 하얀 눈이 흠뻑 내려 나를 푹 덮고 있어 온 세상이 눈 바다였다.

- 처마 밑 가마니 속에 잠든 나를 하얀 눈으로 덮어 얼어 죽지 않게 안아 주신 하나님께 감사드립니다. -

그날 나는 세상에서 좋으신 하나님의 사랑을 발견했다.

이 세상의 친구들 나를 버려도

나를 사랑하는 이는 예수뿐일세

검은 구름 덮이고 광풍이 일어나도

예수 나의 힘 되니 겁낼 것 없네

- 예수 내 친구 날 버리지 않네

온 천지는 변해도 날 버리지 않네 -

나는 30년 만에 만에 헤어졌던 누나를 만났다.

1980년도 KBS에서 시행한 '이산가족 찾기 운동' 때 나는 누나를 찾기 위해 방송에 나가 누나를 찾는다는 인터뷰를 했다. 그 장면을 본 나의 6촌 누나가 방송국으로 연락을 하여 내가 동생이라는 것을 확인했다. 그 후 나는 6촌 누나를 통하여 친누나 주소를 알고 천호동 누나네 집으로 찾아갔다. 나를 만난 누나는 어리둥절했다. 내가 죽었다는 말을 들었기 때문에 이 세상 사람이 아닌 것으로 생각했는데 살아서 찾아왔다니 놀라서 그런 것이다. 살아 있는 나를 확인한 누나를 나를 얼싸안고 울면서 반겼다. (끝)

 시인, 「문예사조」 등단, 한국크리스천문학가협회 운영이사, 평택대학교 총동문회 회장 역임, 사회복지법인 명신원 대표이사, 한국민족문학가협회 총재 역임, 대통령 표창장 수상, 신풍감리교회 장로

사랑의 원자탄 손양원 목사

이 중 택

손양원 목사

손양원 목사는 1902년 6월 3일 경남 함안군 칠원면 구성리에서 아버지 손종일과 어머니 김은수 사이의 삼형제 가운데 장남으로 태어났다. 아명은 연준이고 호는 산돌이다. 남아프리카에 기독교를 전한 전도사이자 탐험가인 리빙스턴(1813~1873)을 사모하여 자신의 호로 삼았다고 한다.(Living Stone은 산돌이라는 뜻)

1908년부터 부모를 따라 주일학교에 다니기 시작한 산돌은 1913년 칠원공립보통학교에 입학, 3학년 때 선교사 맥레이에게 세례를 받았다. 조회 때 동방요배를 강요당하자 우상숭배라고 거절하여 퇴학당한 적이 있다. 이때 선교사들이 강력히 항의하여 복교되었으며 1917년 7월 졸업하였다. 산돌은 1918년 2월 서울로 올라가 신문 배달과 만두장사를 하면서 '중동중학교'에 다녔는데 이때도 안국

동교회를 열심히 다녔다. 1919년 3·1운동에 연루되어 아버지가 실형을 선고받고 마산형무소에 수감되자 가족들의 생계를 위해 자퇴하고 귀향, 1920년 봄 부친이 풀려나자 1921년 일본으로 건너가 '스가모중학교' 야간부에 입학, 졸업하였다. 1923년 귀국하여 10월 칠원읍교회 집사로 피선되었다. 1924년 1월에는 정쾌조와 결혼하여 3남 2녀를 두었다.

1924년 3월 다시 일본에 건너가 성결교회 나카다 주이치목사로부터 많은 영향을 받았다. 성결교 동양선교회의 노방전도에 큰 감화를 받고 하나님의 종으로 헌신할 것을 각오한 산돌은 매일 밤 열심히 기도하던 중 성령의 뜨거운 체험을 하였다. 이때 그는 조국의 동포들에게 복음을 전하는 일이 시급하다는 사명감을 느끼고 그 해 10월 귀국해 부산에 있던 경남 성경학원에 입학했다. 이곳에서 초량교회 주기철 목사와 친교를 맺고 그의 지도와 신앙에 감명받았다.

부산 감만동 '상애원'이라는 나환자수용소 교회에서 전도사로 교역을 시작한 산돌은 '손불'이라는 별명이 붙을 정도로 열심히 집회를 인도했다고 한다. 산돌은 "내 주소는 주님의 품속이며, 생일은 중생된 날입니다. 생일의 기쁜

잔치는 천당에 들어가는 그 날 뿐"이라고 말할 정도였다. 이후 산돌은 10여 년간 밀양 수산교회, 울산 방어진교회, 남창교회, 부산 남부민동교회, 양산 원동교회 등을 개척 설립하였다. 그는 1935년 4월 평양 장로회신학교에 입학하여 신학공부에 열중하면서 능라도교회에서 전도사로 활동했다. 신학교에서도 산돌은 뜨거운 기도생활과 성경 읽기로 유명했다. 졸업한 다음 부산지방 시찰회 강도사로 목회자가 없는 작은 교회를 순회하며 복음을 증거했다. 이 때도 그는 신사참배의 부당성을 설교하며 반대운동을 벌였다. 당시 신사참배를 결의한 경남노회는 산돌에게 목사 안수조차 해주지 않았을 뿐 아니라 나중에는 전도사 자격도 박탈하였다.

1939년 7월 15일 산돌은 신학교 동창인 김형모 목사의 추천으로 전남 여천군 율촌면 산풍리에 있는 나병환자 요양원 '애양원교회' 전도사로 부임하였다. 그는 이곳에서 일생을 나환자들과 함께 보내기로 결심했다. 그래서 이름도 '양원'으로 고쳤고 그의 부인도 양순(良順)으로 개명했다. 그는 버림받은 나환자들의 몸을 씻기고 상처 난 손과 발을 싸매주었으며, 때로는 입으로 더러운 피고름을 빨아주기도 했다. 이처럼 언행이 일치된 산돌의 신앙은 애양원 나환자들을 감동시켰다. 예수의 사랑이 넘치는 실천이었다.

그런데 이 무렵 교계에는 일제에 의해 '신사참배'라는 검은 그림자가 드리우고 있었다. 장로교 총회가 참배를 가결했고 대부분의 기독교 지도자들이 신사참배에 참여했다. 이 마수(魔手)는 산돌에게도 뻗어왔다. 거듭되는 신사참배 강요에도 굴복하지 않던 산돌은 마침내 1940년 9월 25일 연행돼 여수경찰서에 미결수로 감금됐다. 1941년 7월 광주구치소로 이감된 산돌은 11월 광주지방법원에서 1년 6개월 형이 확정되었다. 1943년 5월 출옥될 예정이었으나 전향해야 한다는 검사 위협에 "당신은 전향이 문제지만, 내게는 신앙이 문제"라면서 끝내 거부하였다. 결국 경성 구금소로 넘겨졌다가 1943년 10월 청주형무소로 이감되었다.

산돌은 독방에서 독감으로 고생하면서도 "빈 방 혼자 지키니 고적함을 느끼지만, 성삼위 함께 지내니, 네 식구나 되는 구나"라는 한시를 지었다. 이처럼 뜨거운 일념으로 주님을 섬겼던 그의 신앙은 오로지 감사와 자족의 충만함이었다. 그는 기도와 찬송과 암송, 성경읽기로 신앙을 굳게 지켜 '옥중성자'로 널리 알려졌다. 산돌은 감옥에서도 수감된 사람들과 간수들에게까지 전도하고 설교하는 일을 쉬지 않았다. 취조 때도 기독교의 국가관, 신관, 그리스도관, 성서관, 말세관 등을 설명하느라 조서가 무려 500여장에 달했다.

해방이 되어 1945년 8월 17일, 5년 만에 출옥하자 산돌은 애양원교회에서 다시 나환자 목회에 혼신의 힘을 쏟았다.(그때 그는 주기철 목사의 순교 소식을 듣고 옥중에서 죽지 못한 것을 많이 후회했다고 한다). 그는 1946년 3월 경남노회에서 목사안수를 받아 새로운 목회인생을 시작했다. 그러던 중 1948년 10월 19일 '여수-순천사건'이 일어나고, 21일에는 당시 순천사범학교에 다니던 큰아들 동인과 순천중학교에 다니던 둘째 아들 동신이 좌익에 의해 '예수쟁이' '친미주의자'라며 반동분자로 낙인 찍혀 인민재판에 회부되었다. 기독교 신앙을 버리겠다고 약속만 하면 살려주겠다고 해도 굴하지 않아, 마침내 그의 두 아들은 총살당했다.

10월 27일 애양원에서 산돌의 두 아들 장례식이 거행되었다. 이때 그는 '아홉 가지 감사'라는 설교를 통해 "나 같은 죄인의 혈통에서 순교의 자식이 나게 하시니 하나님께 감사, 두 아들이 함께 순교하였으니 더욱 감사, 자식들이 총살당하면서도 전도했음에 감사, 유학 가려고 준비하던 아들이 더 좋은 천국에 갔으니 더욱 감사, 두 아들을 죽인 원수를 미워하지 않고 회개시켜 양자 삼고자 하는 사랑의 마음을 주셨음에 감사하다"고 말했다.

이 설교는 그 후 많은 목회 후배들에게 깊은 감동을 주는 명설교가 되었다.

1. 나 같은 죄인의 혈통에서 순교의 자식이 나게 하셨으니 하나님께 감사합니다.

2. 허다한 많은 성도 중에서 어찌 이런 보배를 주께서 하필 내게 맡겨 주셨는지 주께 감사합니다.

3. 삼남삼녀 중에서도 가장 아름다운 두 아들을 바치게 하셔서 감사합니다.

4. 한 아들 순교도 귀하거든 하물며 두 아들이 함께 순교했으니 더욱 감사합니다.

5. 예수 믿다가 와석종신(臥席終身)하는 것도 큰 복이라 하거늘 전도하다 총살 순교 당하였으니 주님께 감사합니다.

6. 미국 가려고 준비하던 두 아들, 미국보다 더 좋은 천국 갔으니 안심되어 감사합니다.

7. 내 아들 죽인 원수를 회개시켜 아들 삼고자 하는 사랑하는 마음 주신 하나님께 감사합니다.

8. 내 아들의 순교의 열매로 무수한 천국의 아들들이 생길 것을 생각하니 감사합니다.

9. 이 같은 역경 속에서도 하나님의 사랑을 깨닫고 신애를 찾는 기쁜 마음, 여유 있는 믿음을 주시니 감사합니다.

그 후 반란이 진압되고 아들 형제를 죽인 안재선도 체포되어 계엄사령부에 의해 총살당할 처지에 있었다. 이 소식을 들은 산돌은 가해자의 구명을 탄원하는 운동을 적극적으로 전개하였다. 마침내 담당관들을 감복시켜 그가 출감되자 양아들로 입적하여 손재선이라는 이름까지 지어 주었다. 산돌은 양아들을 부산 고려고등성경학교에 입학시키고 그 부모까지 기독교를 믿게 만들었다. 그러나 곧 한국전쟁이 일어나 피란을 권하는 교인들에게 나환자 교인들을 버려두고 혼자 피란갈 수 없다고 거절했다.

교회를 지키던 산돌은 1950년 9월 13일 공산군에 체포되어 여수경찰서에 구치되었다가, 전세가 불리해 후퇴하던 이들에 의해 28일 새벽 여수 근처 미평과수원에서 총살당했다. 그의 나이 48세. 두 손바닥에 총탄이 지나간 흔적이 있어 죽는 순간에도 기도했었음이 밝혀졌다. 건너편 작은 섬에만 들어가도 살 수 있다며 부두에 배를 대놓고 재촉하는 양자 안재선의 강권도 물리치고 양들을 버리고 어떻게 갈 수 있느냐며 버티는 사이 나환자 교우들도 좌우로 갈라져 서로를 멀리했다. 그리고 사랑했던 좌익계 교우에게 밀고 되어 결국 형장의 이슬로 사라진 것이다.

10월 13일 오종덕 목사에 의해 장례식이 진행되었고, 애양원 뒤쪽 바닷가 동도섬에 산돌과 그의 두 아들의 무덤이 만들어졌다. 그리고 1993년 4월 이곳에 손양원 목사 순교기념관이 준공되었다. 한편 안용준(安鎔濬) 목사가 쓴 「사랑의 원자탄」(1949)이라는 산돌의 일대기가 출판되었으며, 훗날 이 책은 '씨앗은 죽어서'라는 이름으로 영어와 독일어 등으로 번역돼 해외에 소개되었다. 그리고 그의 일생은 홍형린 장로의 기획, 신양흥업 제작으로 1966년 6월 영화화되어 많은 사람들에게 큰 감명을 주었다.

산돌은 경건한 신앙인으로 평생 동안 기도의 삶을 살았으며, 항상 찬송하고 감사하는 모범을 보였다. 나아가 그는 소외된 이웃인 나환자들의 등불이자 친구였으며 자신의 아들을 죽인 청년을 양자로 삼았을 정도로 경이로운 인물이다. 산돌은 '네 이웃을 사랑하라' '원수를 사랑하라'는 그리스도의 가르침을 몸소 실천한 '초인적인 사랑의 사도'였으며, 무신론자에 반대하여 자신의 신앙을 철저하게 지켜 결국 목숨을 바친 위대한 순교자였다.

애양원은 어떤 곳인가?

목포에서 의료선교사로 일하던 포사이드 선교사가 광주 오웬 선교사를 치료하기 위해 광주로 향하던 중 나주를 막 지날 무렵 길에 쓰러져 죽어가는 여자 나환자를 만나면서 이야기는 시작된다. 광주에 와서 제중병원에 입원시켰으나 환우들의 반대에 부딪쳐 급히 다른 임시처소로 옮겼는데 환자가 계속 몰려들어 양림동에 임시 병원을 세웠으니 그곳이 바로 국내 최초 '광주나병원'이다. 그러나 양림동에 나환자 부락이 형성될 정도로 환자들이 대거 몰려들자 최흥종 집사가 자기 땅 천 평을 기부하여 국내 최초 요양원을 세워 포사이드 선교사와 함께 섬겼다. 이후에도 환자는 계속 몰려들었고 주민들의 반대도 심하고 해서 다시 여천군 율천면으로 이사했으니 그곳이 바로 여수 애양원이다.

이중택

「한국크리스천문학」으로 등단
한국크리스천문학가협회 재무국장
한국ALS협회 홍보이사
연세대 연합신학대학원 졸업
한진중앙교회 목사
저서 : 『형님생각』『목사가 죽어야 예수가 산다』

태양계 이야기

최 강 일

우선 우주에 관한 이해가 되어야 그 속에서 은하계와 태양계에 관한 이야 기가 풀린다. 우주란 은하계와 항성, 행성, 위성, 소행성 등을 통틀어서 칭한다.

은하계는 적어도 1,000억 개 이상의 별무리가 있다고 하면서, 천문학자들은 은하계의 숫자를 5천억 개 이상 될 것이라고 추산한다.

그래서 50개 이하의 은하무리를 은하군이라 하고, 50개 이상 1000억 개 정도의 은하무리를 은하단이라고 한다. 약 137억 년 전에 빅뱅이라는 대폭발로 우주가 시작됐다고 천문학자들은 말한다.

우리가 보는 은하수는 은하계 중 하나이고 수천억 개의 별들이 모여 있는 가운데 우리의 태양계는 그 별 중 하나라고 한다.

우주적 시각에서 보면 평범한 별 가운데 하나인 셈이

다. 은하수는 반지름이 10만 광년이나 되는 어마어마한 크기인데, 중심의 블랙홀에서 3만 광년의 거리에 태양이 있다고 한다. 천문학 용어는 다음과 같다.

항성:자체적으로 핵반응을 일으켜 빛을 낼 수 있는 천체, 즉 별을 말한다.

행성:자체 중력으로 둥근 형태를 이루고 항성의 둘레를 공전하는 천체로 태양계에서 수성, 금성, 지구, 화성, 목성, 토성, 천왕성, 해왕성이 행성이다.

위성:행성 둘레를 공전하는 천체로 지구의 위성은 달이다.

소행성:태양의 둘레를 공전하는 지름이 1,000km 이하의 암석을 칭한다. 태양계에서 소행성들은 주로 화성과 목성 사이에 위치해 있으며 돌다 행성을 스쳐지나가기도 한다.

혜성:지름이 수km 정도의 우주 먼지나 얼음덩어리로 구성된 것이다. 행성계가 형성될 때 참여하지 못하고 남은 잔해 덩어리이다.

태양은 수소가 핵융합반응을 통해 헬륨이 되면서 막대한 에너지를 방출, 표면온도가 섭씨 6,000도의 열을 발산하면서 태양계 별들을 돌린다. 지름이 140만 km로 지구

지름의 110배나 되는 엄청난 수소로 이루어진 천체다.

우주가 창조되고 91억 년이 지난 뒤 탄생한 별로 그 수명이 100억 년 정도 되지만 이미 46억 년을 지나 50억 년 정도는 더 견디며 역할할 것으로 본다.

태양계의 부피를 100으로 친다면 태양이 99.85%를 차지하고 나머지 행성, 위성, 소행성 등의 부피는 0.15%에 불과하다니 놀랍다. 지구에서 태양까지 거리가 약 1억 5천 만 km이므로 초당 30만 km의 광속으로 8분 18초만에 햇빛이 지구에 도착하는 것이다.

천문학 연구도서를 참고로 태양계에 관한 이야기를 알기 쉽게 숫자로 설명해 본다.

태양계 행성들이 태양 둘레를 한 바퀴 도는데 필요한 시간을 날짜로 계산하면 다음과 같다.

수성은 88일,

금성은 225일,

지구는 365일,

화성은 687일

목성은 약 12년,

토성은 약 30년,

천왕성은 84년,

해왕성은 165년이 걸린다.

행성은 위성을 가지고 있는데 그 수는 다음과 같다고 한다.

지구에 달이 하나

화성엔 달이 2개,

목성은 79개,

토성은 82개,

천왕성은 27개,

해왕성은 14개의 위성을 거느리고 있다.

또한 각 별의 크기를 가상하여 지구의 지름을 1로 치면

수성은 0.38,

금성은 0.95,

화성은 0.53,

목성은 11. 2,

토성은 9.4,

천왕성과 해왕성은 4배라고 한다.

태양계가 이런 구조로 되어 있지만 평균 기온은

금성이 500도

지구가 15도,

화성이 ‑15도,

목성은 -130도,

토성은 -180도라 한다.

생명체가 존재하자면 에너지와 유기화합물, 액체(물)이 필수인데 지구는 대기층 산소가 21%, 질소 78%, 기타 1%이나 화성에는 이산화탄소가 95%라 생명체가 살 수 없는 행성이다.

그러므로 생명체가 살 수 있는 별은 지구밖에 없는 셈이다. 우리 인류는 지구가 얼마나 귀중한 천체인가를 알고 아끼고 보호해야 할 의무가 있음을 명심해야 한다.

최강일

「한국크리스천문학」 수필등단, 한국크리스천문학 기협회 회원, 고려대학교 영어영문학과 졸업, 남강고등학교 교사로 정년퇴임, 옥조근정훈장 대통령표창 수상

지혜가 넘치는 말씀씨

대원군과 선비

대원군이 날아가는 새도 떨어뜨리던 시절, 한 선비가 찾아왔다. 선비가 큰절을 했지만, 대원군은 눈을 지그시 감은 채 아무런 말이 없었다.

머쓱해진 선비는 자신의 절을 보지 못한 줄 알고 한 번 더 절을 했다. 그러자 대원군이 벼락같이 호통을 쳤다.

"네 이놈! 절을 두 번 하다니 내가 송장이냐?"

그러자 선비가 대답했다.

"처음 드리는 절은 찾아뵈었기에 드리는 절이옵고, 두 번째 드리는 절은 그만 가보겠다는 절이었사옵니다."

선비의 재치에 대원군은 껄껄 웃으면서 기개가 대단하다며 앞길을 이끌어 주었다고 한다.

정주영 회장과 화재

정주영 회장이 조그만 공장을 운영할 때의 일이다. 새벽에 화재가 났다는 급한 전갈이 와서 공장으로 달려갔는데 피땀 흘려 일군 공장이 이미 흔적도 없이 타버린 후였다. 모두가 고개를 숙이고 있을 때 정 회장이 웃으며 한 말은 좌절하고 있던 모든 사람의 가슴을 따뜻하게 적셔 주었다.

"허허, 어차피 헐고 다시 지으려고 했는데 잘되었구먼. 걱정 말고 열심히 일들 하게."

힐러리와 클린턴

힐러리와 클린턴이 함께 운전하고 가다 기름을 넣으러 주유소에 들렀다. 그런데 주유소에서 일하고 있는 남자가 힐러리의 동창이었다. 이를 본 클린턴이 한마디 했다.

"당신이 저 사람과 결혼했다면 지금 쯤 주유소 직원의 아내가 되어 있겠구려."

그러자 힐러리가 당당하게 대답했다.

"아니죠, 저 사람이 대통령이 되었겠죠."

아이젠하워

아이젠하워가 미국 대통령에서 물러난 뒤 기자들로부터 질문을 받았다.

"대통령에서 물러난 뒤 어떤 변화가 있고, 어떤 차이점이 있습니까?"

잠시 생각에 잠긴 아이젠하워가 이렇게 대답했다.

"있고 말고, 골프 시합에서 나한테 이기는 사람들이 예전에 비해 아주 많아졌단 말이야."(전에는 아부하느라고 실력을 감추고 패해 주던 사람들이 제 실력대로 한다는 뜻)

간디

인도 간디가 영국에서 대학을 다니던 때의 일화.

자기에게 고개를 숙이지 않는 식민지 인도 출신인 학생 간디를 아니꼽게 여기던 피터스라는 교수가 있었다.

하루는 간디가 대학 식당에서 피터스 교수 옆자리에 점심을 먹으러 앉았다. 피터스 교수는 거드름을 피우면서 말했다.

"이보게 아직 모르는 모양인데 돼지와 새가 같이 식사하는 일은 없다네."

간디가 재치 있게 응답했다.

"걱정하지 마세요, 교수님! 제가 다른 곳으로 날아가겠습니다."

복수심에 약이 오른 교수는 다음 시험 때에 간디를 애먹이려고 했으나 간디가 만점에 가까운 점수를 받자 간디에게 질문을 던졌다.

"길을 걷다가 돈 자루와 지혜가 든 자루를 발견했다네. 자네라면 어떤 자루를 택하겠나?"

간디가 대수롭지 않게 대답했다.

"그야 당연히 돈자루죠."

교수가 혀를 차면서 빈정댔다.

"쯧쯧 만일 나라면 돈이 아니라 지혜를 택했을 것이네."

간디가 간단히 대꾸했다.

"뭐, 각자 부족한 것을 택하는 것이 아니겠어요."

거의 히스테리 상태에 빠진 교수는 간디의 시험지에 '멍청이'라고 써서 돌려주었다.

간디가 교수에게 말했다.

"교수님 제 시험지에는 점수는 없고 교수님 서명만 있는데요."

아인슈타인

아인슈타인은 상대성이론으로 엄청난 강연 요청에 쉴 틈이 없었다.

어느 날 운전기사가 아인슈타인에게

"박사님이 너무나 바쁘시고 피로하신데 제가 상대성 이론을 30번이나 들어서 거의 암송을 하다시피 하게 되었습니다. 다음번에는 제가 박사님을 대신해서 강연을 하면 어떨까요?"

운전사는 공교롭게도 아인슈타인과 너무나 닮았다. 그래서 옷을 바꿔 입었다.

연단에 올라선 가짜 아인슈타인의 강연은 훌륭했다. 말과 표정이 진짜 아인슈타인과 정말로 똑같았다. 어쩌면 진짜 아인슈타인보다 더 잘한 것 같았다.

그런데 문제가 생겼다. 한 교수가 이론에 관한 질문을 했다. 아인슈타인은 가슴이 쿵하고 내려 앉았다. 정작 놀란 것은 가짜보다 운전사 복장을 한 진짜 아인슈타인이었다.

그런데 가짜 아인슈타인은 조금도 당황 하지 않고 빙그레 웃으면서 대답했다.

"그 정도 질문은 제 운전사도 답할 수 있습니다."

그리고 아인슈타인을 향해 말했다.

"어이 여보게, 올라와서 쉽게 설명해 드리게나!"

방랑시인 김삿갓(金笠)

방랑시인 김삿갓

죽장에 삿갓 쓰고 방랑삼천리
흰 구름 뜬 고개 넘어 가는 객이 누구냐
열두 대문 문간방에 걸식을 하며
술 한 잔에 시 한 수로 떠나가는 김삿갓

세상이 싫던가요 벼슬도 버리고
기다리는 사람 없는 이 거리 저 마을로
손을 젓는 집집마다 소문을 놓고
푸대접에 껄껄대며 떠나가는 김삿갓

난고(蘭皐) 김병연(金炳淵)이 방랑시인이 된 내력

출생지는 경기도 양주, 안동김씨, 자는 성심(性深)

조선 순조 11년(1811년) 신미년에 홍경래(1780-1812)
는 서북인(西北人)을 관직에 등용하지 않는 조정의 정책에
대한 반감과 탐관오리들의 행악에 분개가 폭발하여 평안
도 용강에서 반란을 일으켰다.

홍경래는 교묘한 수단으로 동지들을 규합하였고, 민심
의 불평불만을 잘 선동해서 조직한 그의 반란군은 순식간
에 가산, 박천, 곽산, 태천, 정주 등지를 파죽지세로 휩쓸

어 버리고 군사적 요새지인 선천으로 쳐들어갔다.

이 싸움에서 가산 군수 정시(鄭蓍)는 일개 문관의 신분이었지만 최후까지 싸우다 비장한 죽음을 맞이하였다.

홍경래가 군사를 일으킬 당시 봉기군의 초반 행로는 의외로 순탄하여 전투다운 전투 한번 없이 주변 지역을 점령해 나갔다. 이렇게 일이 순조롭게 진행될 수 있었던 것은 각 지역마다 내응 세력이 있었기 때문이기도 했지만 무책임한 지방관들의 태도도 중요한 원인으로 작용하였다. 처음 봉기군에 저항하다 살해된 가산 군수 정시를 제외하고는 대부분 도망가기에 급급했기 때문이다.

박천 군수 임성고는 숨어 있다가 노모가 구금되었다는 소식을 듣고 나와 항복하였고, 태천 현감 유정양은 봉기군의 위세에 놀라 봉기군이 들이닥치기도 전에 성을 버리고 영변 철옹성으로 피하였다. 철산 부사 이창겸은 도망치다가 잡혀 항복했고, 용천 부사 권수는 의주로 도망하였다. 또 곽산 군수 이영식은 벽장 속에 숨어 있다 발각되어 옥에 갇혔다가 읍의 장교 장재홍의 도움으로 정주성으로 도망하였으며, 정주 목사 이근주 역시 단신으로 탈출하여 안주 병영으로 피신하기에 바빴다.

그렇게 항복한 지방관 가운데 선천 부사 김익순도 있었

다. 김익순은 봉기가 일어나던 18일, 난리가 날 것이라는 소문을 통해 봉기군의 계획을 미리 탐지했지만 막지 못하고 검산산성으로 피신했다가 봉기군에 항복하였다.

선천 부사 김익순은 김삿갓으로 더 잘 알려진 김병연(金炳淵, 1807~1863)의 조부이다. 김익순은 홍경래에게 투항한 죄로 사형을 당하고 그의 집안도 쑥밭이 되었다.

김병연의 조부 김익순(金益淳)은 관직이 높은 선천 방어사였다. 그는 군비가 부족하고 대세는 이미 기울어져 있음을 낙심하다가, 날씨가 추워서 술을 마시고 취하여 자고 있던 중에 습격한 반란군에게 잡혀서 항복을 하게 된다.

김익순에게는 물론 그 가문에도 큰 치욕이었다. 어쩔 수 없는 사정이 있었다고 하지만 국법의 심판은 냉혹하여 이듬해 2월에 반란이 평정되자 김익순은 3월 9일에 사형을 당하였다. 그 난리 때 형 병하(炳夏)는 여덟 살, 병연은 여섯 살, 아우 병호(炳㵓)는 젖먹이였다. 마침 김익순이 데리고 있던 종복에 김성수(金聖秀)라는 좋은 사람이 있었는데 황해도 곡산에 있는 자기 집으로 병하, 병연 형제를 피신시키고 글공부도 시켜 주었다. 그 뒤에 조정의 벌은 김익순 한 사람에게만 한하고, 멸족에는 이르지 않고 폐족에 그쳐서 병하, 병연 형제는 다시 집으로 돌아가게 되었다.

김병연의 가족은 서울을 떠나 여주, 가평으로 이사하는 등 폐족의 고단한 삶을 살다가 부친이 화병으로 세상을 떠난 후 홀어머니 함평 이씨가 형제를 데리고 강원도 영월군 영월읍 삼옥리로 이주하였다. 김병연이 스무 살이 되던 1826년(순조 32년), 영월 읍내의 동헌 뜰에서 백일장 대회 시제(詩題)인

(論鄭嘉山 忠節死 嘆金益淳 罪通于天)

〈논정가산 충절사 탄김익순 죄통우천〉을 받아 본 그는 시상을 가다듬고 정의감에 불타는 그의 젊은 피는 충절의 죽음에 대한 동정과 찬양을 아끼지 않았고, 김익순의 불충죄에 대하여는 망군(忘君), 망친(忘親)의 벌로 만 번 죽어도 마땅하다고 추상같은 탄핵의 글을 올렸다.

병연의 장원 시

一爾世臣金益淳 鄭公不過卿大夫
일이세신김익순 정공불과경대부
대대로 임금을 섬겨온 김익순은 듣거라. 정공(鄭公)은 경대부에 불과했으나

將軍桃李농西落 烈士功名圖末高
장군도리노서락 열사공명도말고
농서의 장군 이능처럼 항복하지 않아 충신열사들 가운데 공과 이름이 서열 중에 으뜸이다

詩人到此亦慷慨 撫劍悲歌秋水溪
시인도차역강개 무검비가추수계
시인도 이에 대하여 비분강개하노니 칼을 어루만지며
이 가을날 강가에서 슬픈 노래 부른다.

宣川自古大將邑 比諸嘉山先守義
선천자고대장읍 비저가산선수의
선천은 예로부터 대장이 맡아보던 고을이라 가산 땅에
비하면 먼저 충의로써 지킬 땅이로되

淸朝共作一王臣 死地寧爲二心子
청조공작일왕신 사지영위이심자
청명한 조정에 모두 한 임금의 신하로서 죽을 때는 어찌
두 마음을 품는단 말인가

升平日月歲辛未 風雨西關何變有
승평일월세신미 풍우서관하변유
태평세월이던 신미년에 관서 지방에 비바람 몰아치니
이 무슨 변고인가.

尊周敦非魯仲連 輔漢人多諸葛亮
존주숙비노중련 보한인다제갈량
주(周)나라를 받드는 데는 노중련 같은 충신이 없었고
한(漢)나라를 보좌하는 데는 제갈량 같은 자 많았노라.

同朝舊臣鄭忠臣 抵掌風塵立節死
동조구신정충신 저장풍진입절사

우리 조정에도 또한 정충신(鄭忠臣)이 있어서 맨손으로 병란 막아 절개 지키고 죽었도다.

嘉陵老吏揚名旌 生色秋天白日下
가릉노리양명정 생색추천백일하
늙은 관리로서 구국의 기치를 든 가산 군수의 명성은 맑은 가을 하늘에 빛나는 태양 같았노라.

魂歸南畝伴岳飛 骨埋西山傍伯夷
혼부남부반악비 골리서산방백이
혼은 남쪽 밭이랑으로 돌아가 악비와 벗하고 뼈는 서산에 묻혔어도 백이의 곁이라.

西來消息慨然多 問是誰家食祿臣
서래소식개연다 문시수가식록신
서쪽에서는 매우 슬픈 소식이 들려오니 묻노니 너는 누구의 녹을 먹는 신하이더냐?

家聲壯洞甲族金 名字長安行列淳
가성장동갑족김 명자장안항렬순
가문은 으뜸가는 장동(壯洞) 김씨요 이름은 장안에서도 떨치는 순(淳)자 항렬이구나.

家門如許聖恩重 百萬兵前義不下
가문여허성은중 백만병전의불하
너희 가문이 이처럼 성은을 두터이 입었으니 백만 대군 앞이라도 의를 저버려선 안 되리라.

淸川江水洗兵波 鐵瓮山樹掛弓枝
청천강수세병파 철옹산수괘궁지
청천강 맑은 물에 병마를 씻고 철옹산 나무로 만든 활을
메고서는

吾王庭下進退膝 背向西城凶賊跪
오왕정하진퇴슬 배향서성흉적취
임금의 어전에 나아가 무릎 꿇듯이 서쪽의 흉악한 도적
에게 무릎 꿇었구나.

魂飛莫向九泉去 地下猶存先大王
혼비막향구천거 지하유존선대왕
너의 혼은 죽어서 저승에도 못 갈 것이니 지하에도 선왕
들께서 계시기 때문이라.

忘君是日又忘親 一死猶輕萬死宜
망군시일우망친 일사유경만사의
이제 임금의 은혜를 저버리고 육친을 버렸으니 한 번
죽음은 가볍고 만 번 죽어야 마땅하리.

春秋筆法爾知否 此事流傳東國史
춘추필법이지부 차사유전동국사
춘추필법을 너는 아느냐? 너의 일은 역사에 기록하여
천추만대에 전하리라.

가문의 비밀을 알게 됨

김병연이 백일장에서 장원을 한 날, 어머니가 그 동안 숨겨왔던 집안의 내력을 들려주었다.(당시 22세)

"우리 가문은 대대로 명문거족이었다. 너는 안동 김씨의 후손이다. 안동 김씨 중에서도 장동(壯洞)에 사는 사람들은 특히 세도가 당당했기 때문에 세상에서는 그들을 장동 김씨라고 불렀는데 너는 바로 장동 김씨 가문에서 태어났다. 네가 오늘 만고의 역적으로 몰아세워 욕을 퍼부은, 익자(益字) 순자(淳字)를 쓰셨던 선천 방어사는 네 할아버지였다. 너의 할아버지는 사형을 당하셨고 너희들에게 이런 사실을 눈치 채지 못하게 하느라고 제사 때 신주를 모시기는커녕 지방과 축문에 관직이 없었던 것처럼 처사(處士)로써서 너희들을 속여 왔다."

병연은 너무나 기막힌 사실에 말문이 막혀 버렸다. 반란군의 괴수 홍경래에게 비겁하게 항복한 김익순이 나의 할아버지라니. 그는 고민 끝에 자신이 조부를 다시 죽인 천륜을 어긴 죄인이라고 스스로 단죄하고, 뛰어난 학식에도 불구하고 신분의 한계를 벗어나지 못할 자신의 처지를 한탄하며 삿갓을 쓰고 방랑의 길을 떠나기로 결심한다.

한번은 김병연이 평안도에 갔을 때 노진(魯禎)이라는 사람이 "대대로 이어 온다고 말하는 나라의 신하 김익순아, 가산 군수 정공(鄭公)은 하찮은 벼슬아치에 불과했지만, 너의 가문은 이름난 장동 김씨 훌륭한 집안, 이름도 장안의 순자 항렬이로다"라며 비난했다.

김병연은 이 시를 크게 읊은 뒤 '참 잘 지었다'고 말하고는 피를 토하고 다시는 평안도 땅을 밟지 않았다고 한다. 결과적으로 홍경래가 김삿갓이라는 천재 시인을 만들었다고 하면 지나친 과장일지도 모른다.

김병연은 백일장에서 정의감에 불타던 그는 충절을 위해 목숨을 버린 가산 군수 정시를 찬양하는 한편 홍경래에게 항복한 김익순의 불충을 강하게 비판한 김익순이 자기의 할아버지라는 사실을 알고는 스스로 '천륜을 어긴 죄인'이라 단죄하고 삿갓으로 하늘을 가리고 명예도 가문도 등지고 정처 없이 떠돌다 강원도 영월군 김삿갓면 와석리에 묻혔다.

사불삼거(四不三拒) : 아니오 안 되오

조선 영조 때 호조서리를 지낸 김수팽은 '전설의 아전(衙前)'이다. 청렴하고 강직해서 많은 일화를 남겼다. 한번은 호조판서가 바둑을 두느라고 공문서 결재를 미루자, 김수팽이 대청에 올라가 판서의 바둑판을 확 쓸어 버렸다.

그러고는 마당에 내려와 무릎을 꿇고 "죽을죄를 졌으나 결재부터 해달라." 하니 판서도 죄를 묻지 못했다. 또 한번은 김수팽이 숙직하던 밤, 대전내관이 왕명이라며 10만 금을 요청했다. 그는 시간을 끌다가 날이 밝고서야 돈을 내주었다. 야간에는 호조의 돈을 출납하는 것이 금지되어 있었기 때문이다. 내관이 사형에 처할 일이라고 했으나 영조는 오히려 김수팽을 기특히 여겼다.

김수팽의 동생 역시 아전이었다. 어느 날 그가 아우의 집에 들렀는데 마당 여기저기에 염료통이 놓여 있었다.

"아내가 염색업을 부업으로 한다"는 동생의 말에 김수팽은 염료통을 모두 엎어 버렸다.

"우리가 나라의 녹을 받고 있는데 부업을 한다면 가난한 사람들은 무얼 먹고 살라는 것이냐?"

김수팽의 일갈에는 조선시대 관리들의 청빈한 정신이

담겨 있다. 조선의 관료들은 '사불삼거(四不三拒)'를 불문율로 삼았다. 재임 중에 절대로 하지 말아야 할 사불(四不)은

1. 부업을 하지 않고
2. 땅을 사지 않고
3. 집을 늘리지 않고
4. 재임지의 명산물을 먹지 않는다.

풍기군수 윤석보는 아내가 시집올 때 가져온 비단옷을 팔아 채소밭 한 뙈기를 산 것을 알고는 사표를 냈다. 대제학 김유는 지붕의 처마 몇 치도 못 늘리게 했다. 삼거(三拒)

1. 윗사람의 부당한 요구 거부
2. 청을 들어준 것에 대한 답례 거부
3. 경조사의 과한 부조 거부다.

청송부사 정봉은 영의정이 꿀과 잣을 보내 달라고 부탁하자 '잣나무는 높은 산 위에 있고 꿀은 민가의 벌통 속에 있다'고 답을 보냈다. 우의정 김수항은 그의 아들이 죽었을 때 무명 한 필을 보낸 지방관을 벌주었다.

최근의 인사청문회를 보면 공직사회에서 사불삼거의 전통은 사라지고 '사필(四必)'이 자리 잡은 듯하다.

1. 위장전입
2. 세금탈루
3. 병역면제
4. 논문표절

이런 고위공직자는 스스로 물러나야 한다.

재물과 성공은 사랑을 따른다

한 여인이 집 밖으로 나왔는데 그녀의 정원 앞에 앉아 있는 3명의 노인을 보았습니다. 여인이 말했습니다.

"저희 집에 들어오셔서 뭔가를 좀 드시겠어요?"

그런데 그 세 노인들은 '우리는 함께 집으로 들어가지 않습니다.'라고 하였습니다.

"왜죠?"

"내 이름은 '재물'이고 저 친구의 이름은 '성공'이고 또 다른 친구의 이름은 '사랑'입니다. 집에 들어 가서서 남편과 상의하세요. 우리 셋 중에 누가 당신의 집에 거하기를 원하는 지를."

부인은 집에 들어가 그들이 한 말을 남편에게 이야기했고 그녀의 남편은 너무 좋아하며 말했습니다.

"우리 '재물'을 초대합시다. 그를 안으로 들게 해 우리 집을 재물로 가득 채웁시다."

부인은 동의하지 않았습니다.

"여보! 왜 '성공'을 초대하지 않으세요? '성공'을 초대합시다."

"무슨 소리야, 일단 재물이 풍부해야 성공하니 '재물'을 초대해야지."

"아니, 쓸데없는 소리 말아요, 내 말대로 '성공'을 초대해요."

조용했던 가정이 금방 싸움이 날 지경이었습니다. 며느리가 그들의 대화를 듣고 있다가 말했습니다.

"어머님, 아버님, '사랑'을 초대하는 것이 더 낫지 않을까요? 그러면 싸우지 않고 사랑으로 가득 차게 되잖아요."

"그래요, 우리 며느리의 조언을 받아 들여 사랑을 우리의 손님으로 맞아들입시다."

부인이 밖으로 나가 세 노인에게 물었습니다.

"어느 분이 '사랑'이세요? 저희 집으로 드시지요."

'사랑'이 일어나 집안으로 들어서는데 놀랍게도 다른 두 사람도 일어나 그를 따랐습니다. 놀란 부인이 '재물'과 '성공'에게 물었습니다.

"저는 '사랑'만 초대했는데요. 두 분은 왜 따라 오시죠?"

두 노인이 같이 대답했습니다.

"만일 당신이 재물이나 성공을 초대했다면 우리 중 다른 두 사람은 밖에 그냥 있었을 거예요. 그러나 당신은 '사랑을 초대했고, '사랑'이 가는 곳이면 어디나 우리 '재물'과 '성공'은 그 사랑을 따르지요."

사랑이 있는 곳에는 재물과 성공이 따르지만 사랑이 없는 재물과 성공은 늘 외롭고 슬플 것입니다.

미국의 퍼스트 레이디였던 바바라 부시 여사는 대학 졸업식에서 이런 말을 했습니다.

"여러분, 미국의 장래가 백악관에 달려 있다고 생각하십니까? 미국의 장래는 백악관이 아니라 여러분의 가정에 달려 있습니다."

프랑스 속담에도 "가정은 국가의 심장이다"라는 말이 있습니다. 심장이 건강해야 몸이 건강하듯 가정이 건강해야 나라가 건강하다는 말입니다.

"가정은 사람을 만드는 공장입니다. 공장에서는 좋은 제품을 많이 만들어 시장에 내놓아야 시장경제가 살아나고 국가경제도 든든해집니다.

마찬가지로 가정에서는 건강한 사고방식, 건전한 삶의 태도와 세계관을 가진 자녀를 양육해서 사회에 내놓아야 합니다. 그래야 사회가 건강해집니다.

가정의 수준이 국가의 수준을 결정합니다.

많이 쓰이는 외래어

이 경 택

CEO=Chief Executive Officer(경영 최고책임자, 사장)

SUV(Sport Utility Vehilcle)=일반 승용 및 스포츠 등 여가생활에 맞게 다목적용으로 제작된 차량. 중량이 무겁고 범퍼가 높다. 일반차와 충돌 시 일반 승용차는 약 6~70%가 더 위험함

UCC(User Created Content)=이용자 제작 콘텐츠(사용자 제작물)

거버넌스(governance)=민관협력 관리, 통치

그랜드슬램(grand slam)=테니스, 골프에서 한 선수가 한 해에 4대 큰 주요 경기에서 모두 우승하는 것. 야구에서 타자가 만루 홈런을 치는 것.

글로벌 쏘싱(global sourcing)=세계적으로 싼 부품을 조합하여 생산단가 절약

내레이션(naration)=해설

내비게이션(navigation)=① (선박, 항공기의)조종, 항

해 ② 오늘날(자동차 지도 정보 용어로 쓰임) ③ 인터넷 용어로 여러 사이트를 돌아다닌다는 의미로도 쓰임

노블레스 오블리주(Noblesse Oblige)=지도층 인사들에게 요구되는 도덕적 의무

님비(NIMBY. not in my backyard)현상=지역 이기주의 현상(혐오시설 기피 등)

데이터베이스(data base)=정보 집합체, 컴퓨터에서 신속한 탐색과 검색을 위해 특별히 조직된 정보 집합체, 여러 사람에 의해 공유되어 사용될 목적으로 통합하여 관리되는 데이터의 집합

도어스테핑(doorstepping)=(기자 등의) 출근길 문답, 호별 방문

디지털치매=디지털 기기에 지나치게 의존하여 기억력이나 계산력이 크게 떨어진 상태를 일컫는 말.

라이브 커머스(live commerce)=실시간 방송 판매

레밍(lemming)=나그네 쥐

로드맵(roadmap)=방향 제시도, 앞으로의 스케줄, 도로지도

로밍(roaming)=계약하지 않은 통신 회사의 통신 서비스도 받을 수 있는 것. 국제통화기능(자동로밍가능 휴대폰 출시)체계

리셋(reset)=초기 상태로 되돌리는 일.

마스터플랜(masterplan)=종합계획, 기본계획

마일리지(mileage)=주행거리, 고객은 이용 실적에 따라 점수를 획득하는데 누적된 점수는 화폐의 기능을 한다.

매니페스터(manifester)= 감정, 태도, 특질을 분명하고 명백하게 하는 사람(것)

매니페스토(manifesto)운동=선거 공약검증운동

메시지(message)=무엇을 알리기 위하여 보내는 말이나 글

메타(meta)=더 높은, 초월한 뜻의 그리스어

메타버스(metaverse)=현실세계와 같은 사회·경제·문화 활동이 이뤄지는 3차원 가상세계를 말함

멘붕=멘탈(mental)의 붕괴. 정신과 마음이 무너져 내리는 것

멘탈(mental)=생각하거나 판단하는 정신. 또는 정신세계.

멘토(mentor)=현명하고 신뢰할 수 있는 상대이며 스승 혹은 인생 길잡이 역할을 하는 사람

모니터링(monitoring)=감시, 관찰, 방송국, 신문사, 기업 등으로부터 의뢰받은 방송 프로그램, 신문 기사, 제품 등에 대해 의견을 제출하는 일

미션(mission)＝사명, 임무

버블(bubble)＝거품

벤치마킹(benchmarking)＝타인의 제품이나 조직의 특
징을 비교 분석하여 그 장점을 보고 배우는 경영 전
략 기법

사이코패스(psychopath)＝태어날 때부터 감정을 관장
하는 뇌 영역이 처음부터 발달하지 않은 반사회적
성격장애와 품행장애를 가진 사람들을 지칭하는 데
주로 사용

소셜 미디어(social media)＝누리 소통 매체, 생각이나
의견을 표현하거나 공유하기 위해 사용하는 개방화
된 인터넷상의 내용이나 매체

소프트(soft)＝부드러운

소프트파워(soft power)＝문화적 영향력

솔루션(solution)＝해답, 해결책, 해결방안, 용액

스태크풀레이션(stagflation)＝경제 불황 속에서 물가
상승이 동시에 발생하고 있는 상태

시스템(system)＝필요한 기능을 실현하기 위하여 관련
요소를 어떤 법칙에 따라 조합한 집합체.

시크릿(secret)＝비밀

시트콤(sitcom)＝시추에이션 코메디(situation
comedy)의 약자, 분위기가 가볍고, 웃긴 요소를 극

대화한 연속극

시프트(shift)＝교대, 전환, 변화

싱글(single)＝한 개, 단일, 한 사람

아웃쏘싱(outsourcing)＝자체의 인력, 설비, 부품 등을 이용해 하던 일을 비용 절감과 효율성 증대를 목적으로 외부 용역이나 부품으로 대체하는 것.

아이템(item)＝항목, 품목, 종목

아젠다(agenda)＝의제, 협의사항, 의사일정

애드 립(ad lib)＝(연극, 영화 등에서) 대본에 없는 대사를 즉흥적으로 만들어내는 것

어택(attack)＝공격(하다), 습격(하다), 발병(하다)

어필(appeal)＝호소(하다), 항소(하다), 관심을 끌다

언박싱(unboxing)＝(상자, 포장물의) 개봉, 개봉기

에디터(editor)＝편집자

엔터테인먼트(entertainment)＝연예(오락)

오티티(OTT, Over-the-top)＝인터넷 동영상 서비스. 영화, TV 방영 프로그램 등의 미디어 콘텐츠를 인터넷을 통해 소비자에게 제공하는 서비스

옴부즈(ombuds)＝다른 사람의 대리인. 스웨덴어

옴부즈맨(ombudsman)＝정부나 의회에 의해 임명된 관리로, 시민들에 의해 제기된 각종 민원을 수사하고 해결해 주는 사람

와이브로(wireless broadband. 약어는 wibro) = 이동하면서도 초고속 인터넷을 이용할 수 있는 무선 휴대 인터넷의 명칭, 개인 휴대 단말기(다양한 휴대 인터넷 단말을 이용하여 정지 및 이동 중에서도 언제, 어디서나 고속으로 무선 인터넷 접속이 가능한 서비스)

유비쿼터스(ubiquitous) = 도처에 있는, 사용자가 컴퓨터나 네트워크를 의식하지 않고 장소에 상관없이 자유롭게 네트워크에 접속할 수 있는 환경

인서트(insert) = 끼우다, 삽입하다, 삽입 광고

젠트리피케이션(gentrification) = 둥지 내몰림, 도심 인근의 낙후지역이 활성화되면서 임대료 상승 등으로 원주민이 밀려나는 현상

챌린지(challenge) = 도전, 도전하다. 도전 잇기, 참여 잇기.

치팅 데이(cheating day) = 식단 조절을 하는 동안 정해진 식단을 따르지 않고 자신이 먹고 싶은 음식을 먹는 날

카르텔(cartel) = 서로 다른 조직이 공통된 목적을 위해 일시적으로 연합하는 것, 파벌, 패거리

카이로스(Kairos) = 기회를 잡을 수 있는 결정적 순간, 평생 동안 기억되는 개인적 경험의 시간을 뜻

카트리지(cartridge) = 탄약통. 바꿔 끼우기 간편한 작은

용기. 프린터기의 잉크통

커넥션(connection)=연결, 연계, 연관, 접속, 관계

컨설팅(consulting)=전문지식을 가진 사람이 상담이나 자문에 응하는 일

컬렉션(collection)=수집, 집성, 수집품, 소장품

코스등산=여러 산 등산(예: 불암, 수락, 도봉, 북한산… 도봉 근처에서 하루 자면서)

콘서트(concert)=연주회

콘셉(concept)=generalized idea(개념, 관념, 일반적인 생각)

콘텐츠(contents)=내용, 내용물, 목차. 한국='콘텐츠 貧國(유무선 통신망을 통해 제공되는 디지털 정보나 내용물의 총칭)

콜센터(call center)=안내 전화 상담실

크로스(cross)=십자가(가로질러) 건너다(서로) 교차하다, 엇갈리다

크리켓(cricket)=공을 배트로 쳐서 득점을 겨루는 방식으로 진행되는 단체 경기. 영연방 지역에서 널리 즐기는 게임

키워드(keyword)=핵심어, 주요 단어(뜻을 밝히는데 열쇠가 되는 중요하고 핵심이 되는 말)

테이크아웃(takeout)=음식을 포장해서 판매하는 식당

이 아닌 다른 곳에서 먹는 것, 다른 데서 먹을 수
있게 사 가지고 갈 수 있는 음식을 파는 식당

트랜스 젠더(transgender)=성전환 수술자

틱(tic)=의도한 것도 아닌데 갑자기, 빠르게, 반복적으
로, 비슷한 행동을 하거나 소리를 내는 것

파이팅(fighting)=싸움, 전투, 투지, 응원하며 잘 싸우
라는 뜻으로 외치는 소리.

패널(panel)=토론에 참여하여 의견을 말하거나, 방송
프로그램에 출연해 사회자의 진행을 돕는 역할을 하
는 사람 또는 그런 집단.

패러다임(paradigm)=생각, 인식의 틀, 특정 영역·시대
의 지배적인 대상 파악 방법 또는 다양한 관념을 서
로 연관시켜 질서 지우는 체계나 구조를 일컫는 개
념. 범례

패러디(parody)=특정 작품의 소재나 문체를 흉내 내
어 익살스럽게 표현하는 수법 또는 그런 작품. 다른
것을 풍자적으로 모방한 글, 음악, 연극 등

팩트체크(fact check)=사실 확인

퍼머넌트(permanent make-up)=성형 수술, 반영구
화장:파마(=펌, perm)

포럼(forum)=공개 토론회, 공공 광장, 대광장,

푸쉬(push)=(무언가를) 민다, 힘으로 밀어붙이다. 누

르기

프레임(frame)＝틀, 뼈대 구조

프로슈머(prosumer)＝생산자이자 소비자인 사람. 기업 제품에 자기의견, 아이디어(소비자 조사해서)를 말해서 개선 또는 소비자가 원하는 제품을 개발토록 직접 또는 간접적으로 참여하는 사람(프로슈머 전성시대)

피톤치드(phytoncide)＝식물이 병원균·해충·곰팡이에 저항하려고 내뿜거나 분비하는 물질. 심폐 기능을 강화시키며 기관지 천식과 폐결핵 치료, 심장 강화에도 도움이 된다고 알려져 있다.

픽쳐(picture)＝그림, 사진, 묘사하다

필리버스터(filibuster)＝무제한 토론. 의회 안에서 다수파의 독주 등을 막기 위해 합법적 수단으로 의사 진행을 지연시키는 무제한 토론

헤드트릭(hat trick)＝축구와 하키에서 한 선수가 한 경기에서 3골 득점하는 것

휴먼니스트(humanist)＝인도주의자

같은 글자 다른 읽기

樂 (악) 音樂(음악), 樂聖(악성)

　　(락, 낙) 樂園(낙원), 苦樂(고락)

　　(요) 樂山樂水(요산요수)

若 (약) 若干(약간)

　　(야) 般若(반야)

葉 (엽) 落葉(낙엽), 一葉片舟(일엽편주)

　　(섭) 葉氏(섭씨)(姓), 加葉原(가섭원)〈地名〉

易 (이) 容易(용이), 少年易老(소년이로)

　　(역) 交易(교역), 貿易(무역)

咽 (인) 咽喉(인후-), 咽頭(인두)

　　(열) 嗚咽(오열)

刺 (자) 刺戟(자극), 刺客(자객)

　　(척) 刺殺(척살)

著 (저) 顯著(현저), 著者(저자)

　　(착) 附著(부착)

切 (절) 切實(절실), 懇切(간절)

　　(체) 一切(일체)

提 (제) 提案(제안), 提携(제휴)

(리) 菩提樹(보리수)

佐 (좌) 補佐(보좌)

　(자) 佐飯(자반)

徵 (징) 象徵(상징), 徵兵(징병)

　(치) 宮商角徵羽(궁상각치우)〈音名〉

車 (차) 自動車(자동차), 車氏(차씨)〈姓〉

　(거) 車馬費(거마비), 停車場(정거장)

茶 (차) 茶禮(차례), 紅茶(홍차)

　(다) 茶菓會(다과회), 喫茶(끽다)

帖 (첩) 手帖(수첩)

　(체) 帖文(체문)

諦 (체) 諦念(체념)

　(제) 眞諦(진제), 俗諦(속제)

丑 (축) 乙丑年(을축년), 丑時(축시)

　(추) 公孫丑(공손추)〈人格〉

則 (칙) 規則(규칙), 法則(법칙)

　(즉) 然則(연즉)

沈 (침) 沈滯(침체), 沈沒(침몰)

　(심) 沈氏(심씨)〈姓〉

틀리기 쉬운 비슷한 한자

【ㅁ】

末(끝 말)　　　　—末期(말기 : 끝날 무렵)

未(아닐 미)　　　—未然(미연 : 아직 그렇게 되지 않음)

眠(잠잘 면)　　　—安眠(안면 : 편안하게 잘 잠)

眼(눈 안)　　　　—眼前(안전 : 눈 앞)

明(밝을 명)　　　—光明(광명 : 빛이 환하게 맑음)

朋(벗 붕)　　　　—朋友(붕우 : 서로 사귀는 벗)

皿(그릇 명)　　　—器皿(기명 : 그릇)

血(피 혈)　　　　—血緣(혈연 : 핏줄로 이어진 인연)

暮(저물 모)　　　—日暮(일모 : 해가 짐)

墓(무덤 묘)　　　—墓所(묘소 : 무덤, 산소)

密(빽빽할 밀)　—密林(밀림 : 빽빽한 수풀)

蜜(꿀 밀)　　　—蜂蜜(봉밀 : 벌의 꿀)

【ㅂ】

復(돌아올 복)　　—往復(왕복 : 갔다가 돌아옴)

　(다시 부)　　　—復興(부흥 : 다시 일어남)

複(겹 복)　　　—重複(중복 : 거듭됨)

【ㅅ】

士(선비 사)　　—名士(명사 : 이름이 알려진 사람)

土(흙 토)　　　—土質(토질 : 흙의 바탕 곧 성질)

姓(성 성)　　　—姓名(성명 : 성과 이름)

性(성품 성)　　—本性(본성 : 본디의 성품)

俗(속될 속)　　—俗人(속인 : 속된, 곧 평범한)

　(풍속 속)　　—風俗(풍속 : 옛날부터의 습관)

浴(목욕할 욕)　—海水浴(해수욕 : 물에 목욕함)

施(베풀 시)　　—實施(실시 : 실지로 행함)

旅(나그네 려)　—旅客(여객 : 여행을 하는 손님)

族(무리 족)　　—族屬(족속 : 같은 계통의 겨레)

失(잃을 실)　　—失格(실격 : 자격을 잃음)

矢(화살 시)　　—弓矢(궁시 : 활과 화살)

플랜더스의 개와 왕립미술관

심 혁 창

유명한 플랜더스의 개 이야기는 많은 이들의 동심을 울렸던 추억을 가지고 있는 것이어서 특별히 게재한다.

플랜더스 개 이야기의 배경이 된 안트베르펜 성모성당

「플랜더스의 개(A Dog of Flanders)」는 소년 네로(Nello) 와 개 파트라슈(Patrasche)의 이야기를 그린 아동문학가 위더(Ouida)의 소설. 1872년 처음 출판. 1975년 쿠로다 요시오 감독이 TV애니메이션 '플랜더스의 개'로 각색함으

주인공이 그렇게 보고 싶어 하던 아트베르펜 성당 안에 있는 루벤스의
대작 〈성모의 승천〉

로써 국내에 널리 알려짐.

주인공 네로는 인정 많고 양심 바른 소년으로 부모를
일찍 여의고 벨기에의 플랜더스(플랑드르)지방 안트베르펜
근처 작은 마을에서 그의 할아버지 다스와 살았다.

어느 날 길을 가다가 길옆 수풀 속에 버려져 있는 개를
발견한다. 덩치가 크고 힘이 센 플랜더스 지방의 개로 이
름은 파트라슈이다. 개 주인 철물장수가 개에게 일을 많이
시킨 후 때려서 기절하자 숲속에다 버린 것이었다.

그런 것을 네로가 발견하고 집으로 데려가 목숨을 구하
여 준 뒤 친구처럼 지낸다. 사랑에 눈 뜰 나이가 되자 네로

는 풍차 방앗간 집 딸 알로아를 사랑하게 된다.

그러나 알로아 아버지는 가난한 네로를 무시하고 딸의 사랑을 반대한다. 네로는 사랑의 상처를 안고 화가가 되기로 결심하고 사랑하는 여자 친구 알로아의 초상화를 그려 주고 떠난다.

알로아에게는 네로가 하나뿐인 친구였지만 아버지의 반대로 둘이 마음대로 만날 수 없는 데다 아버지 때문에 가난한 네로가 마을 사람들에게 오해를 받고 일자리마저 잃는 것을 보면서 누구보다도 가슴 아파한다.

네로의 할아버지는 마을 사람들의 우유를 멀리 떨어진 도시로 배달하면서 겨우겨우 살아가는 빈민이다. 그래서 네로가 그림 그리는 것을 반대한다. 그러나 나중에는 네로의 재능을 알아보고 격려한다.

알로아의 아버지 코제츠 씨는 마을에서 단 하나뿐인 풍차 방앗간을 운영하는 사람으로 마을에서 제일가는 부자다. 그는 자기 딸이 네로와 만나는 것을 몹시 싫어하던 중 방앗간에 불이 나자 네로가 저지른 일이라고 소문을 내고 다른 사람을 시켜 네로의 우유 배달을 빼앗아 버린다.

화가가 되어 아름다운 세상을 그리고 싶은 것이 꿈인 네로는 온 정성을 기울여 앤트워프 미술 대회에 그림을 출품한다. 그러나 심사 위원의 실수로 낙선하고 만다.

네로가 보고 싶어하던 루벤스 대작 〈십자가에서 내려지는 예수〉

네로의 그림에 높은 점수를 주지 않았던 심사위원이 뒤늦게 자기의 실수를 인정하고 네로의 그림이 가장 뛰어났다는 것을 인정하지만 불행히도 네로의 할아버지가 그 때 돌아가심으로 그 사실을 모른 채 슬픔에 빠진다. 설상가상으로 방화범이란 누명까지 쓴 네로는 사랑하는 개 파트라슈만 데리고 외롭게 마을에서 쫓겨난다.

그 후 어느 추운 크리스마스 날밤 네로는 그렇게 보고 싶어도 돈이 없어서 볼 수 없었던 안트베르펜 성당 안에 있는 루벤스의 그림 〈성모의 승천〉과 〈십자가에서 내려지는 예수〉를 보게 된다. 그리고 그 날 밤 어머니가 가신 하늘나라를 바라보면서 네로는 눈을 감는다.

다음날 사람들은 루벤스의 그림 앞에서 네로와 파트라슈가 안고 죽어 있는 것을 발견한다.

국립미술관 입구 천장벽에 걸린 대형 성화

전시되어 있는 조각상

반 고흐 작 / 감자 캐는 여자

성화

십자가에서 내려진 예수 조각상

왕립 미술관 앞 조각호수/왕립미술관 앞 광장에 울퉁불퉁한 조각호수가 있다.물을
가득 채우면 파도가 이는 깊은 바다처럼 보인다(기행 심혁창)

남곡서예와 성어풀이

이병희

金聲玉振(금성옥진)

金-쇠 금　　　聲-소리 성
玉-구슬 옥　　振-떨친 진

직역-종소리로 시작하고 옥소리로
　　　끝맺다
의역-처음과 끝을 잘 조화시키다
　　　어떤 일이든 시작할 때에는 지혜를 총
　　　동원하고 덕행으로 지속한다면 그 마무
　　　리가 나쁠 수가 없다

*金聲을 외적으로 나타내는 善이고
　玉振은 마음 속으로 울리는 德으로
　해석하기도 한다.

塗聽塗説 도 청 도 설	근거 없이 거리에 떠도는 뜬 소문. 涂听涂说
塗炭之苦 도 탄 지 고	수렁이나 숯불에 떨어진 듯 괴로움을 당함. 涂炭之苦
獨不將軍 독 불 장 군	홀로는 장군이 못 됨. 여럿의 도움 없이 혼자 힘으로는 할 수 없음을 뜻함. 独不将军
同價紅裳 동 가 홍 상	같은 값이면 다홍치마, 같은 값이면 좋은 것. 同价红裳
同苦同樂 동 고 동 락	괴로움과 즐거움을 함께함. 同苦同乐
東問西答 동 문 서 답	묻는 말에 전혀 엉뚱한 대답. 东问西答
同病相憐 동 병 상 련	처지가 같은 사람끼리 서로 동 정함. 同病相怜
東奔西走 동 분 서 주	이리저리 분주하게 뛰어다님. 东奔西走

凍氷寒雪 동 빙 한 설	얼음이 얼고 눈보라 치는 추위.	冻氷寒雪
同床異夢 동 상 이 몽	같이 하면서도, 서로 다른 생각을 함.	同床异梦
同而不和 동 이 불 화	겉으로는 같은 척하나 속은 그렇지 않음.	同而不和
東征西伐 동 정 서 벌	여러 나라를 이리 저리로 쳐서 없앰.	东征西伐
杜門不出 두 문 불 출	방안에만 처박혀서 밖에 나가지 않음.	杜门不出
登高自卑 등 고 자 비	높은 곳을 오르려면 낮은 데서부터 출발해야 하듯 매사는 순서를 밟아야 함. 또는 높은 지위에 오를수록 겸손해야 함	登高自卑
燈下不明 등 하 불 명	등잔 밑이 어둡다는 뜻으로 바로 가까이에 있는 것을 모름.	灯下不明
燈火可親 등 화 가 친	등불을 가까이하다, 즉 글읽기에 좋음.	灯火可亲

馬耳東風 마 이 동 풍	남의 말을 귀담아 듣지 않고 흘려버림.　　　马耳东风
莫逆之交 막 역 지 교	뜻이 서로 맞아 지내는 사이가 썩 가까운 벗　　　莫逆之交
萬頃蒼波 만 경 창 파	끝없이 넓은 바다. 　　　万顷苍波
萬古風霜 만 고 풍 상	오랫동안에 겪는 수많은 고 난.　　　万古风霜
萬卷讀破 만 권 독 파	많은 책을 끝까지 읽어 냄. 　　　万卷读破
萬端說話 만 단 설 화	여러 가지 이야기. 　　　万端说话
滿山紅葉 만 산 홍 엽	단풍이 들어 온 산이 붉은 잎으 로 뒤덮임.　　　满山红叶
晚時之歎 만 시 지 탄	늦게 기회를 놓치고 탄식함. 　　　晚时之叹

滿身瘡痍 만 신 창 이	전신이 부스럼으로 엉망진창 이 됨. 滿身瘡痍
晚秋佳景 만 추 가 경	늦가을의 아름다운 경치. 晚秋佳景
望梅解渴 망 매 해 갈	목이 마른 병졸이 매실 얘기를 듣고 입에 침이 고여 목 마름을 풀었다는 고사. 望梅解渴
亡羊補牢 망 양 보 뢰	양 잃고 외양간 고친다. 일이 다 틀린 뒤에 손을 쓴들 소용이 있겠느냐는 뜻. 亡羊补牢
孟母斷機 맹 모 단 기	맹자 어머니가 유학 도중에 돌아온 맹자를 훈계하기 위해 베 틀에 건 날실을 끊었다는 뜻. 학 문을 중도에 중단하는 것은 짜고 있던 베의 날실을 끊어 버리는 것과 같음. 孟母断机
盲玩丹靑 맹 완 단 청	장님이 단청을 구경해 봤자 아무 의미가 없듯이 사물을 보아 도 사리를 분별하지 못함의 비 유. 盲玩丹青

免冠頓首 면 관 돈 수	관을 벗고 머리가 땅에 닿도록 절을 함. 免冠頓首
綿裏藏針 면 리 장 침	솜 속에 바늘을 감춘다. 겉으로는 부드러워 보이나 속엔 악을 감추고 있음. 绵里藏针
面從腹背 면 종 복 배	겉으로는 복종하는 체하면서 내심으로는 배반함. 面从腹背
滅私奉公 멸 사 봉 공	사사로움을 버리고, 나라를 위해 힘을 바침. 灭私奉公
明鏡止水 명 경 지 수	맑고 깨끗한 마음. 맑은 거울 같고 잔잔한 물 같음.明镜止水
無所不爲 무 소 불 위	못할 일이 없이 다함. 无所不为
無爲徒食 무 위 도 식	아무 하는 일 없이 한갓 먹기만 함. 无为徒食
刎頸之交 문 경 지 교	생사를 같이할 만큼 친한 사람 또는 그런 벗. 刎颈之交

文房四友 문 방 사 우	종이, 붓, 벼루, 먹. 文房四友
勿失好機 물 실 호 기	좋은 기회를 놓치지 말라. 勿失好机
物外閒人 물 외 한 인	물질에 관심 없이 한가롭게 지 내는 사람.　　　物外闲人
美辭麗句 미 사 여 구	아름다운 말과 잘 쓴 문구. 美辞丽句
迷信打破 미 신 타 파	미신을 믿는 일을 깨뜨려 버림. 迷信打破
美風良俗 미 풍 양 속	아름답고 좋은 풍속. 美风良俗

이병희

서예가
신사임당. 이율곡 서예대전 초대작가
운곡서예대전 초대작가
국전입선 3회

울타리 제4집 발행에 후원하신 분들

최용학	300,000원	김무숙	30,000원
이계자	100,000원	이병희	30,000원
최강일	30,000원	김영배	30,000원
김복희	200,000원	허윤정	30,000원
강갑수	60,000원	정두모	50,000원
김어영	30,000원	김순희	50,000원
이주형	30,000원	정태팡	20,000원
김홍성	100,000원	이상진	20,000원
전형진	30,000원	이상열	100,000원
김영백	30,000원	이동원	70,000원
한평화	14,000원	김소엽	100,000원
박주연	30,000원	남춘길	100,000원
유영자	60,000원	(입금순)	

울타리 한 권만 후원해 주셔도 출판문화수호캠페인에
큰 힘이 됩니다. 후원하신 분께 감사드립니다.